NO CAFOFO DA LOBA
HISTÓRIAS DE VOLÚPIA
(2ª edição)

Editora Appris Ltda.
2.ª Edição - Copyright© 2023 do autor
Direitos de Edição Reservados à Editora Appris Ltda.

Nenhuma parte desta obra poderá ser utilizada indevidamente, sem estar de acordo com a Lei nº
9.610/98. Se incorreções forem encontradas, serão de exclusiva responsabilidade de seus organi-
zadores. Foi realizado o Depósito Legal na Fundação Biblioteca Nacional, de acordo com as Leis nᵒˢ
10.994, de 14/12/2004, e 12.192, de 14/01/2010.

Catalogação na Fonte
Elaborado por: Josefina A. S. Guedes
Bibliotecária CRB 9/870

A773n
2023
	Arrasa, Tatá
	    No cafofo da loba : histórias de volúpia / Tatá Arrasa. – 2. ed. –
	Curitiba : Appris, 2023.
	    146 p. ; 23 cm.
	
	    ISBN 978-65-250-4751-5
	
	    1. Ficção brasileira. 2. Sensualidade. 3. Amizade. I. Título.
	
	                                          CDD – B869.3

Appris
editora

Editora e Livraria Appris Ltda.
Av. Manoel Ribas, 2265 – Mercês
Curitiba/PR – CEP: 80810-002
Tel. (41) 3156 - 4731
www.editoraappris.com.br

Printed in Brazil
Impresso no Brasil

Tatá Arrasa

NO CAFOFO DA LOBA
HISTÓRIAS DE VOLÚPIA

(2ª edição)

FICHA TÉCNICA

EDITORIAL	Augusto Vidal de Andrade Coelho
	Sara C. de Andrade Coelho
COMITÊ EDITORIAL	Marli Caetano
	Andréa Barbosa Gouveia (UFPR)
	Jacques de Lima Ferreira (UP)
	Marilda Aparecida Behrens (PUCPR)
	Ana El Achkar (UNIVERSO/RJ)
	Conrado Moreira Mendes (PUC-MG)
	Eliete Correia dos Santos (UEPB)
	Fabiano Santos (UERJ/IESP)
	Francinete Fernandes de Sousa (UEPB)
	Francisco Carlos Duarte (PUCPR)
	Francisco de Assis (Fiam-Faam, SP, Brasil)
	Juliana Reichert Assunção Tonelli (UEL)
	Maria Aparecida Barbosa (USP)
	Maria Helena Zamora (PUC-Rio)
	Maria Margarida de Andrade (Umack)
	Roque Ismael da Costa Güllich (UFFS)
	Toni Reis (UFPR)
	Valdomiro de Oliveira (UFPR)
	Valério Brusamolin (IFPR)
SUPERVISOR DA PRODUÇÃO	Renata Cristina Lopes Miccelli
ASSESSORIA EDITORIAL	Letícia Gonçalves Campos
REVISÃO	Mateus Soares de Almeida
	Débora Sauaf
PRODUÇÃO EDITORIAL	William Rodrigues
DIAGRAMAÇÃO	Renata Cristina Lopes Miccelli
CAPA	Sheila Alves

Quando o fascínio virar paixão, quando a paixão virar amor e quando o amor tiver a mesma intensidade do fascínio eu prometo. Pode ser?

(Tatá Arrasa)

Dedico esta obra a toda minha família, aos amigos que sempre me apoiam e especialmente aos meus leitores.

APRESENTAÇÃO

Diante dos inúmeros papeis que a sociedade lhe dá, qual equivale àquilo que te faz feliz? Nessa miríade de papeis, existe algo que entende como verdadeiramente seu?

A mulher contemporânea em um país como o Brasil vive uma jornada intensa em busca de si mesma. Vai além dos papeis sociais e esperados, da capacidade de ser bem-sucedida como mãe, esposa e profissional. É a busca em falar não para a sociedade patriarcal que tenta modelá-la o tempo todo e buscar saciar seus desejos, nutrir os sentimentos, sem se importar com que o outro possa pensar.

Volúpia, a protagonista deste livro consegue captar em si a identidade da mulher contemporânea, expondo sua sensualidade e sexualidade afloradas, de alguém que sabe definir os próprios anseios, mas com receio de lidar com os afetos que podem surgir no contato com outra pessoa, criando em muitos momentos um ciclo de autossabotagem que postergam aquilo que muitos definem como "final feliz".

Mas como isso ocorre quando a visão é masculina? De que maneira as situações discorrem pelos dedos inquietos do autor sob o teclado?

Com empatia e esbanjando de um erotismo muitas vezes direto, até mesmo cirúrgico, Tata Arrasa, em sua obra inaugural, faz com que compartilhemos das dúvidas, buscas e receios da personagem de nome tão sugestivo e suas amigas, cada uma com dilemas e questões reveladas pelo universo feminino. Apelidada de Loba, Volúpia no auge dos seus 40 anos, seduz, objetifica os homens e degusta dos seus corpos numa busca da satisfação pessoal que muitos poderiam ver como uma característica mais masculina — o que para mim ressoa mais como libertária, já que desfragmenta, assim, os padrões de uma maioria infeliz.

Mas, ao mesmo tempo que isso acontece, aos poucos, as máscaras vão caindo, os excessos se desfazendo e vemos as fragilidades e vontades de um ser humano, na sua busca inconstante e temerosa de ser feliz, variando do erótico ao romance numa intensa fluidez, não só da trama, mas da transformação pessoal não só dela, das pessoas que a cercam.

Apesar de não estarmos — o autor e eu — em nosso lugar de fala, sinto na obra uma empatia ao feminino que muito me alegra, tentando fugir dos clichês e focando no que nos une da visceralidade de ser humano. Por mais obras assim que, no sofrimento e no tesão, unam ficção e realidade numa sutil ligação.

Danilo Barbosa

Escritor best-seller da Amazon, editor e curador literário

PREFÁCIO

O escrever da alma humana para além dos papéis sociais

O descrever da alma humana para além dos papéis sociais, engendrados nas ações das escolhas. Recônditos preenchidos por recheios de glacê, airado pela ação do Tempo: "nenhum recomeço é ruim quando se sabe por onde começar ou ao menos se sabe o que foi perdido". Romance do compositor e escritor Tatá Arrasa, nome artístico de Francisco Anastácio, *No Cafofo da Loba* é a obra mais recente desse artista groairense multifacetado.

Nutrido de sensibilidade no destrinchar das zonas de conforto estremecidas pelos gatilhos emocionais da personagem principal, Volúpia, cada capítulo é um apresentar de desafios em meio às suas aventuras sexuais tão cheias de significações e reflexões para ela. Dona de si, escolheu comandar o próprio destino e, sobretudo, os seus desejos. Integrantes da matilha das paixões, cada cenário remete a um sortudo que teve acesso permitido ao seu corpo, colaborando para o seu processo de construção sexual.

Adormecidos sob os impactos das escolhas, muitas delas são divididas entre o superar das dores, ao mesmo tempo, sob o tempero das aventuras humanas que proporcionam bem-estar, seguidas de muitas surpresas. Mas, afinal, o presente livro é para maiores apimentados ou um romance de autoajuda? — Alguns podem perguntar. Talvez a melhor resposta ficará a critério do olhar que descortina o livro. Porém, ouso dizer que ambas as classificações são simbioses de uma libido regada a desejo e sensações sensoriais, ao estilo Tatá Para Maiores.

E, no afã do autoproteger-se, quem de fato consegue alcançar a redenção do autoperdão sem antes reconhecer as sombras fantasmas de certos passados, fazendo as pazes com eles? O perdão é tarefa árdua que, via de regra, pode requerer, de uma parcela significante de indivíduos, o protelar o acesso às camadas que conduzem às poeiras varridas para debaixo do tapete... O tempo é implacável quando se trata de fazer emergir emocionalmente tudo aquilo que se prefere arquivar ou simplesmente fingir que nunca existiu.

O Cafofo transcende o patamar de encontros da Loba com as pessoas do seu círculo pessoal de amizades e amores, muitos deles fugazes, efêmeros qual a chama de uma lamparina a querosene... Vai além dos espaços sociais de convivências do além-muros, dos ambientes de socialização que costuma frequentar. Esse espaço íntimo é também o seu porão particular das memórias não processadas, transformadas em padrões questionáveis que a perseguem quando no particular dos seus departamentos interiores.

Volúpia, em desejo na expansão do que pode ser efêmero, quando conectada ao sentimento do merecer e da gratidão, produz um efeito memorável na ressignificação das cinzas. Qual um clarão de um archote, ilumina a escuridão da ignorância. Quando a cura interior se faz presente, a cicatrização se apresenta qual um belo quadro de pintura abstrata. Talvez em imitação à forma não cartesiana do existir em nós mesmos. Seja o que for, como for, na idade que for, sempre é hora de ampliar os horizontes, muitos deles encobertos pelas brumas do medo.

Boa leitura!

Ananda Savitri

Jornalista, fotógrafa, dançarina de dança oriental, pós-graduada em Neuropsicanálise

SUMÁRIO

VOLÚPIA...15

UM BREVE ENCONTRO.....................................17

RESSACA PÓS-ENCONTRO..................................26

CLUBE DA LOBA...30

G – O FANTASMA..36

CURIOSIDADES, PLANOS E DESEJOS........................42

A LOBA NO CIO...47

ACIMA DA MÉDIA..52

O PLANO DE VOLÚPIA NÃO DEU CERTO......................59

NO CAFOFO DA LOBA.....................................65

VOLÚPIA E AS DÚVIDAS..................................73

A TRISTEZA É CINZA....................................79

UM PASSADO DE LÁGRIMAS................................84

O PREÇO DA TEIMOSIA...................................89

VOLÚPIA APRENDE COM A DOR.............................95

PRIMEIRA AULA..100

SEM LIMITES..104

UM DIA...110

VERDADE OU DESAFIO?..................................116

UM CASAMENTO ARRANJADO...............................120

O SONHO VIRA PESADELO................................125

O DEDO NA FERIDA.....................................131

O AMOR SABERÁ..140

CONTATOS...145

VOLÚPIA

Volúpia era uma jovem senhora ou uma senhora jovem? Não se chega a uma conclusão devido ao estado de espírito e ao ânimo que essa criatura encantadora demonstrava. Já estava com quase quarenta anos, mas graças a sua boa forma, apresentava um corpo de fazer inveja às outras pessoas que adentravam a idade adulta.

Uma das coisas que mais lhe davam prazer era a hora do banho, gostava de sentir a água escorrendo em seu corpo e contornando as curvas que a genética de forma generosa lhe concedeu. Era quase um ritual embaixo do chuveiro, não conseguia descrever a sensação que era espalhar a espuma de sabonete por todo corpo, explorando cada dobra, massageando membro por membro do seu santuário, que era como considerava seu corpo.

Após o demorado banho raramente enxugava-se, preferia deixar a pele secar ao vento naturalmente. Saía do banheiro despida e passeava pela casa até chegar ao seu quarto. Meio narcisista, passava horas e horas em frente ao espelho admirando-se.

Não se achava bonita, apesar de que os traços fortes do seu rosto chamavam a atenção de todos. Julgava-se atraente e sexy. O que mais gostava de olhar no espelho era as suas ancas, as poucas pessoas que tiveram o prazer de tocar aquela carne diziam que era uma obra de arte, os outros que não puderam ver ou tocar não se contentavam em apenas desejar e sempre que podiam diziam gracejos para Volúpia, que, apesar de gostar dos elogios e cantadas baratas que ouvia, preferia ser indiferente para aqueles mais ousados, aumentando assim ainda mais o desejo daqueles desavergonhados.

Era bem verdade que, no início de sua juventude, deitou-se com vários, apenas por deitar. Muitas das vezes não sentia prazer e aceitava ser cavalgada apenas para satisfazer o ego e aumentar a lista com o nome daqueles que a procuravam. De tanto praticar, foi tornando-se especialista no assunto, desenvolveu suas próprias técnicas. Algumas vezes praticava sozinha e se tocava bastante, testando onde o toque era mais prazeroso, ultrapassando limites e descobrindo o verdadeiro significado do termo prazer.

Com o passar do tempo veio a independência, aprendeu a dizer não. Assumiu o controle do ato, se não fosse como queria, acabava antes de começar, vestia-se e ia embora. Tesão era apenas falta de controle e amor próprio.

Da prática sexual o que considerava mais prazeroso era o antes, o final não importava tanto desde que as famosas preliminares fossem bem-feitas. Dizia que sexo tem: cheiro, sabor. Por isso, usava bastante a língua e a boca. Por essa razão, aqueles que tiveram a oportunidade de devorar Volúpia antes do seu amadurecimento relembram com saudosismo o banho de língua que tiveram e não souberam valorizar.

Volúpia descobriu que relação sexual tem que ser prazerosa para ambas as partes envolvidas, que cada gesto ou ato precisa ser concedido e não obrigado, tomado. Os corpos irão devorar-se, desde que seja partilhado um desejo mútuo e nunca mais uma transa egoísta. Ou os envolvidos se conectam e aceitam desvendar os mistérios do corpo um do outro ou então eles nem precisam começar.

"Meu prazer, teu prazer" essa passou a ser regra...

UM BREVE ENCONTRO

Um dia normal, sem muitas expectativas e cheio de pequenos trabalhos a serem realizados. Afazeres esses que acabavam por minar a simpatia e paciência da fogosa e terna Volúpia. Todas as atividades que precisava executar dependiam de terceiros. Não havendo nada a ser feito, a única solução foi esperar o fadigoso dia de trabalho encerrar-se.

Ligou para alguns amigos, encaminhou e-mails, protocolou compromissos para a semana seguinte, atualizou o perfil nas diversas redes sociais nas quais estava inscrita e quando deu por si já passava das 17:00 horas da tarde. Era uma sexta-feira, esperava que a noite fosse ao menos mais tranquila que o dia.

Desligou o computador, arrumou sua gaveta e sobretudo a mesa de trabalho, entendia que uma pessoa que não organizava seu local de trabalho seria incapaz de organizar sua vida pessoal. Realizou uma breve organização no escritório, que apresentava uma decoração casual sem perder a elegância e o requinte de uma pessoa que amava a arte. Nas paredes, réplicas de telas famosas, e ao fundo, logo atrás de sua mesa de trabalho, um imenso painel com uma foto sua de quando era mais jovem, estampada em preto e branco, e na boca um batom vermelho carmim, era o único colorido na bonita foto. Ainda na composição do espaço: esculturas, um sofá acolchoado de tom marrom e sobre ele almofadas pretas e brancas. As paredes foram pintadas em um tom marfim para não deixar o ambiente pesado e ao mesmo tempo torná-lo aconchegante. Era nesse espaço que Volúpia desempenhava seu papel de mulher trabalhadora, inteligente, séria e elegante. Algumas amigas a questionavam se o ambiente alguma vez já fora cenário de sua vida amorosa, o que ela simplesmente respondia: "Trabalho e prazer não se misturam, embora eu ame o que eu faço e sinta prazer em fazê-lo, mas, aqui, apenas trabalho".

Demorou-se um pouco mais, recolheu as sobras do almoço, pegou sua bolsa, deu uma rápida corrigida na sala, trancou a porta e saiu. Depositou o lixo no latão, despediu-se do porteiro do prédio e dirigiu-se ao estacionamento para pegar o seu carro: um Volkswagen New Beetle de cor lilás fosco, um automóvel que combinava com sua personalidade, além de ser utilitário e despojado. Apesar de um design meio retrô, o transporte era bem elegante. Acionou o controle, abriu a porta do motorista, adentrou no veículo, posicionou-se e ajeitou o cinto de segurança em seu corpo, ligou o motor e com agilidade deixou o pátio do prédio. Mais uma habilidade de Volúpia, exímia motorista. Com sorte, não pegaria a hora do rush e chegaria logo à casa, para mais uma sessão de terapia, que era como definia a hora do banho — e o daquele dia prometia: era sexta-feira.

Pegou a avenida principal, conectou o celular no som do carro e ouviu sua checklist preferida no Spotify, que era composta por canções: de Ana Carolina, Isabella Taviani, Zélia Duncan e uma ou outra novata, que aceitou por sugestão do aplicativo. Teria quarenta minutos para desfrutar de música de qualidade até o destino final: o *Cafofo da Loba* (apelido que as amigas carinhosamente colocaram em sua residência).

Cantava junto às cantoras e sabia as letras de cor. Primeira da lista: "Eu comi a Madonna", cantava alto e não se importava se as pessoas dos outros carros a observavam, tinha uma interpretação própria para cada letra.

"Dobra os joelhos e implora

O meu líquido

Me quer, me quer, me quer e quer ver

Meu nervo rígido".

(Ana Carolina)

A sequência de músicas continuava, de tanto cantar já sabia a próxima: Ana Carolina cedia lugar para Isabela Taviani, que, com sua voz grave, encantava Volúpia com sua luxúria. Essa bem que poderia ser o tema de nossa dama:

"Eu quero é derrapar nas curvas do seu corpo

Surpreender seus movimentos

Virar o jogo, quero beber,

O que dele escorre pela pele

E nunca mais esfriar minha febre...".

Com tanta sensualidade sonora, Volúpia resolveu aumentar a intensidade do ar-condicionado e desabotoar dois botões do blazer preto que estava vestindo, revelando o body branco de renda que usava. Não sabia se o calor que emanava do seu corpo era devido à temperatura ou se sua libido estava começando a sufocá-la. A parada sonora de Volúpia continuava. Agora a diva com sua voz forte a ser degustada era Zélia Duncan e sua canção "Sentidos":

"Transfere pro meu corpo

Seus sentidos pra eu sentir a sua dor,

Os seus gemidos e entender porque quero você!

Não quero seu suor

Quero seus poros na minha pele

Explodindo de calor."

Dentro do confortável carro, a temperatura só aumentava e, a cada nova melodia, as ondas de calor passeavam insistentemente por todo o corpo de Volúpia. Um fogo subindo por suas pernas, demorando-se mais na sua pelve e avançando por seus seios redondos e pequenos, que alguns homens chamavam de Morro Dois Irmãos em referência à paisagem carioca de tão bonitos que eram. Aproveitou a parada no sinal, tirou o blazer preto e ficou um pouco mais à vontade que nem reparou que no carro ao lado um homem a comia com os olhos. Estava embalada pela sonoridade do momento e concentrou-se na música nova que fora sugerida pelo Spotify. Não conseguia identificar a voz, deveria ser uma nova cantora, não perdeu o clima e curtiu a música que seguia a mesma linha sensual das anteriores, cujo título era "Segredo":

"Os teus olhos procuram o meu olhar,

De relance te encaro e entendo a mensagem.

Nossos desejos não se satisfazem,

Ternura e loucura se misturam

Quando nossos corpos se encontram.

A vergonha não demora,

Jogando as roupas fora,

Despindo teu corpo fogoso

Teus músculos duros

Minha língua devora,

Arranho tuas costas

Tua força evapora.

Vou ao delírio quando me abraça,

Beija meu pescoço, e me faz delirar,

E com as mãos toca meu íntimo,

Intimidade que eu só mostro a você.

Enlouqueço quando desbrava,

Devora o meu íntimo

E eu quero mais, sempre mais.

Passam os dias, as noites voam,

Quando nos amamos o tempo não importa

Os amantes tudo suportam,

A delicadeza dos momentos se prendem

Nas paredes vazias.

O segredo é o nosso tormento."

Concentrada no trânsito, Volúpia seguia sua viagem e analisava a letra da canção. Gostou tanto que colocou no modo "repeat" e ouviu mais duas vezes até chegar à casa. Surpreendeu-se com a letra poética que falava de romance e sexo sem vulgaridade e adotou como música tema. Chegando à casa, dirigiu-se à garagem, onde guardou seu carro, desceu, ali mesmo tirou os saltos e foi caminhando descalça até chegar ao jardim, entrou pela porta lateral que dava acesso à cozinha, caminhou até a miniadega, selecionou um vinho tinto e voltou para a cozinha, ali mesmo desfez de sua saia preta em risca de giz ficando apenas com sua lingerie branca. Serviu-se de uma taça do seu vinho preferido e foi para a sala de som e vídeo, para relaxar e continuar ouvindo suas músicas selecionadas para aquela noite. Envolvida pelo clima e curiosidade, conectou seu telefone no som, escolheu uma música e deu play. Novamente ouviria a canção "Segredo", sorveu um pouco de vinho, deixou-se cair na poltrona de cor vermelha e apreciou a música. Tomada de curiosidade, ligou seu notebook em busca de mais informações. Mais um gole de vinho e as poucas informações que constavam era sobre uma cantora ainda anônima, mas que logo se tornaria sucesso, e sobre o autor da letra: @letrastataarrasa. Decidiu que em outro momento pesquisaria mais a respeito, retornou à cozinha, encheu a taça e novamente estava deitada em sua poltrona na sala, mais relaxada. Resolveu ligar para ver se alguma amiga a acompanharia naquela noite. Mandou mensagens de voz, texto, ligou; todas as tentativas foram em vão. Restando duas opções: ficar em casa ou sair sozinha, não pensou duas vezes em escolher a segunda alternativa. Retornou à cozinha, pegou a garrafa que já estava pela metade, colocou um pouco de vinho e tocou a taça na garrafa, simbolizando um brinde e disse: "A noite é minha", e de uma vez bebeu o pouco de vinho da taça, tomou a garrafa pelo braço e subiu para o andar de cima, onde estava sua suíte.

O aposento era espaçoso, bem decorado. No centro, uma grande cama de casal envolta de dossel, revelando a sensibilidade de sua dona. Sorveu um generoso gole na boca da garrafa, despiu-se e foi para o enorme banheiro. Naquela noite preferiu o banho quente de chuveiro em vez de deleitar-se na banheira de hidromassagem. Ligou o chuveiro, esperou as primeiras gotas de água escorrerem pelo ralo, entrou debaixo do jato de água, lavou seu cabelo castanho com o shampoo de cupuaçu que era da mesma fragrância do sabonete líquido. Nem sabe por quanto tempo massageou-se com a esponja macia. Após retirar o sabonete do corpo, deixou a água morna escorrendo por seu corpo como um artista plástico contorna um objeto com pincel, o banho ainda não estava encerrado. Estendeu a mão e alcançou a garrafa que estava em cima da pia, sorveu mais um longo gole de vinho. Após engolir, procurou na estante o óleo corporal também de cupuaçu e besuntou-se, hidratando toda a pele, subia, descia, acariciava, apalpava todo o seu corpo em frente ao espelho grande do banheiro. Em pé, com uma perna apoiada no lavabo, embebia-se com o gostoso aroma que seu corpo exalava. Com a libido atiçada pelas cantoras e o vinho a convidá-la, não resistiu e começou a tocar-se. Quantas e quantas vezes em seus momentos de solidão se bolinara? Em frente ao espelho, sentou-se no lavabo e abriu as pernas. Não olhava para baixo, preferia a imagem de seu corpo refletida no espelho. Sua pele era branca e sua caverna apresentava uma cor rósea em degradê. Não introduziu os dedos em sua caverna, apenas tocava o seu cone com os dedos. Descia as mãos por baixo e tocava sua gruta, massageava e voltava para o seu pequeno cume no alto da caverna. Às vezes suas mãos corriam por suas coxas e as apertavam com força. Encarava-se no espelho e ensaiava caras e bocas, até que chegou ao ápice daquela sessão, gritou, gemeu e deixou seu líquido escorrer por sua pele, deslizando pelas pernas até alcançarem o chão. Permaneceu sentada por alguns minutos para recuperar as suas forças, voltou para o chuveiro, banhou-se novamente, agora mais rápido, pois a noite estava apenas iniciando e uma garrafa de vinho já havia secado.

De volta ao quarto, foi até ao closet e separou sua roupa. Dava tanta importância às peças íntimas quanto ao restante das outras peças de seu vestuário. Abriu a gaveta, pegou um conjunto de lingerie azul-marinho para contrastar com sua pele branca. A peça apresentava uma delicadeza nos detalhes, renda, um pingente de cristal que realçava o sutiã e a calcinha era um fio dental minúsculo com um delicado laço branco que depois de vestido ficaria acima do bumbum. Para vestir por cima, escolheu um vestido azul-turquesa colado ao corpo, com uma fenda lateral e um decote sensual nas costas que revelava discretamente um pouco dos seus ombros. Para calçar, uma delicada sandália em outro tom de azul com um salto médio. Na mão, uma pequena bolsa de strass, combinando com uma gargantilha bem discreta. Perfumou-se, vestiu-se e saiu para a noite, a qual prometera que seria sua.

Preferiu sair de táxi, desejava aproveitar a noite, não que tivesse em seus planos ficar de pileque. Decidiu mais por precaução, se acontecesse de ser barrada por uma blitz, ficaria em maus lençóis. Ainda não havia jantado. Foi até a um restaurante japonês, pediu algumas peças de sushi, degustou e retirou-se em seguida. Foi indiferente aos vários olhares masculinos e rostos femininos que se voltaram ao adentrar no restaurante, sabia que estava provocante e foi essa a intenção quando escolheu aquele vestido, "a Loba estava solta" e a noite era dela.

Fome saciada, inveja causada, agora era o momento de saciar outra fome. Foi a um barzinho a que sempre costumava ir com as amigas. O proprietário, seu conhecido, estranhou, porque estava sozinha e ela disse que: "Hoje eu quero caçar ou ser caçada, a Loba está à solta". Dito isso, pediu uma taça do seu vinho preferido e escolheu uma mesa para sentar. Segundo ela, era um ponto estratégico no fundo do bar de frente para a porta e próximo ao banheiro. Assim poderia ver quem chegava e quando chegasse a hora de retocar a maquiagem não precisaria andar tanto, além da privacidade de poder conversar na certeza de que ninguém ouviria suas conversas.

A noite avançava pela madrugada, três taças de vinho, pessoas entrando e saindo, alguns casais, turmas de amigos e a Loba só à espreita à espera de uma presa. Todos a olhavam e sensualmente ela cruzava a perna, exibindo a panturrilha torneada. Quando entrou um jovem solitário que chamou sua atenção, dirigiu-se até o balcão, pediu uma cerveja e ficou de longe encarando a Loba. Alvo identificado, hora de manter a calma, movimentos calculados para não afugentar a presa. Levantou-se, ajeitou um pouco o vestido e foi até ao toalete para retocar a maquiagem e passar próximo ao ninfeto. Frente a frente, encararam-se e ela deu boa-noite, o jovem timidamente apenas sussurrou e ela acompanhou cada movimento de sua boca de lábios grossos e rosados. Seguiu seu caminho, mas o seu perfume doce com notas amadeiradas ficou no ar. Para a sorte do rapaz, demorou um pouco, olhou-se no espelho, admirou por alguns instantes seu reflexo e retornou para sua mesa. Passou em um rebolado sensual, exibindo suas curvas. Já próxima à mesa, olhou para trás por cima do ombro e piscou um olho, dando o sinal de que estava a fim de algo mais.

Não demorou muito para o cavalheiro aproximar-se. pedir licença e apresentar-se. Volúpia ficou de pé, trocaram saudações, apertos de mãos e beijos no rosto. A Loba mais ousada deu um terceiro beijinho quase na boca do mancebo, riu um pouco e disse: "Na próxima vez eu acerto". Riram juntos e sentaram-se, conversaram de tudo um pouco. Volúpia sempre cortando, porque naquele momento seu intuito era outro e não discutir a vergonhosa política brasileira. Não prestou muito atenção ao nome da sua vítima, por isso preferiu chamá-lo de Desejo em pensamento. Ela buscava pelo momento certo de dar o bote, mas seu partner não colaborava ou não entendia a mensagem, até que chegou um momento em que ela disse que precisava ir embora, pois já estava tarde e era perigoso para uma dama andar sozinha pelo centro da cidade. Descaradamente ela o convidou para acompanhá-la enquanto ela aguardava um táxi, acordo fechado, pagaram as contas e retiraram-se. O ponto de táxi era um pouco longe de onde estavam, caminharam um pouco e ele pegou em sua mão, atravessaram a rua, andaram por uma calçada deserta e encontraram um pequeno beco iluminado por um poste longe e o reflexo de uma placa de neon de outro estabelecimento. Ainda de mãos dadas, ele perguntou se podia beijá-la, autorização concedida, adentraram ao beco que estava na penumbra e trocaram um beijo tímido, as pernas dele tremiam, mas o corpo dela estava quente. A Loba assumiu o comando, beijando-o com voracidade, sua língua percorria toda a boca do seu acompanhante, esse beijo foi mais demorado, ela o abraçou e sentiu seu membro enrijecido dentro da roupa, ele não sabia o que fazer com as mãos, ela deslizava as mãos nas costas dele e por cima da roupa desceu pela bunda arrebitada, ele nada fez, continuaram no beijo e ela entendeu a falta de ação dele como sinal positivo e enfiou a mão por dentro da roupa para tocar em sua bunda, ele assustado retirou imediatamente.

Voltaram a beijar-se, agora ele já mais calmo, seu membro parecia estourar dentro da calça jeans. Ela envolveu os braços dele no corpo dela e com calma foi ensinando onde ele deveria tocar para excitá-la ainda mais. Como bom aluno, ele aprendeu rápido, subiu um pouco seu vestido e tocou o seu corpo por cima da calcinha. Ela sussurrou ao seu ouvido: "Continua, não para, vai em frente, eu quero mais." Atrevidamente ele colocou um dedo dentro da calcinha, depois mais outro, ficou alisando a pele macia e sem pelos da sua professora, com os três dedos que ficaram do lado de fora ele fez um pouco de força e rasgou a calcinha. Agora ele exploraria aquele território. Ainda abraçados e beijando-se, ele introduziu um dedo dentro dela que foi o suficiente para fazer aquela fêmea gozar, suas pernas amoleceram, ela sentiu-se tonta e apoiou-se nele, que a abraçou com toda força para não deixá-la cair. Ficaram abraçados no silêncio, a cabeça dela recostada no ombro dele, o membro dele ainda em riste, a imagem foi o suficiente para reanimá-la, com ousadia ela desabotoou os botões da calça, abriu o zíper e deixou aquela espada ao ar livre. Beijaram-se, trocaram vários beijos longos, o membro dele agora em contato com a gruta dela. Ela disse que não desejaria ser penetrada, mas que se ele quisesse dá-la muito carinho e carícia poderia ficar à vontade.

Desejo não se fez de rogado, ajoelhou-se em frente a ela e admirou por algum tempo aquelas carnes rosadas, cheirosas e macias. Passou o nariz várias vezes sobre seu monte e respirava, ela sentia o hálito quente e ficava louca de tanto tesão. Ele passou a língua sobre seu monte e as pernas dela tremeram, ele continuou lambendo e sugando aquele delicado monte, até que ela não resistiu e inundou todo o rosto dele com suco que escorria daquele vale. Ele não desperdiçou uma gota do que pôde beber e limpou seu rosto na manga do seu blusão. Disse que era a primeira vez que bebia uma mulher e que ela era deliciosa. Da próxima vez ela teria que ensinar novas coisas para ele, pois ele seria um aluno delicado.

Abraçaram-se mais uma vez, beijaram-se novamente, trocaram telefones, ele a acompanhou e aguardou até ela entrar em um táxi e cada um foi embora com a promessa de um reencontro.

RESSACA
PÓS-ENCONTRO

Volúpia entrou no táxi e ainda acenou para o jovem que ficou esperando o veículo se distanciar. Ela ficou observando pelo espelho até não o avistar mais. Algumas dúvidas pairavam em sua cabeça: morava ali próximo? Esperaria um outro transporte? Andava a pé? Enfim, muitas dúvidas para um fim de noite que há tempos não acontecia.

Mudou o foco do pensamento, uma nova dúvida: teria tempo de fazer uma avaliação rápida e dar uma nota para o desempenho do rapaz? Melhor não começar, havia muitos pontos a serem analisados, faria isso em casa no conforto da sua cama. Afinal, tinha salvo o contato dele, se é que ele passou o número correto? Em todo caso só ligaria na segunda, já tinha sido fácil o suficiente. No jogo da sedução, nada precisa ser muito óbvio, um pouco de dificuldade ajuda a criar o clima. Um pensamento se apossou de suas ideias, considerou aquele jovem bastante inexperiente, teria paciência para iniciar mais um nos prazeres do sexo? Nos últimos tempos, esse artigo "paciência" andava em falta na sua vida, resolveu deixar tudo ao acaso. A Loba estava de volta, aquela era apenas a primeira noite após um longo período de reclusão. Tem muito Lolito ou Tiozão ainda para degustar.

Perdeu-se em suas dúvidas que nem percebeu quando o taxista estacionou defronte à sua casa. Tirou as sandálias, abriu a carteira, retirou o dinheiro, pagou a corrida e desceu. Agradeceu ao motorista e caminhou até o portão. Estranhou, porque o carro não partira e só então deu-se conta que parte do seu vestido estava levantado e que estava sem calcinha. O dono do transporte admirava o seu bumbum. Encantado com o que vira, não sabia o que fazer. Ela desculpou-se e entrou em casa.

Caminhou pela estradinha cercada de brita com as sandálias em uma das mãos e a bolsa de strass na outra. Dessa vez entrou pela porta principal. Foi direto para a suíte, tudo o que mais queria nesse momento era um bom banho e descansar. Pôs os calçados no chão, a bolsa no criado-mudo, procurou o celular, desligou o despertador, colocou no modo silencioso para nada atrapalhar o seu sono quando adormecesse. Arrancou o vestido do seu corpo, queria sua liberdade, em casa gostava de ficar nua, roupa a sufocava. O sutiã foi tirado com mais delicadeza, tal qual a peça pedia. Caminhou até ao banheiro, ligou o chuveiro e, como um ritual que sempre fazia, esperou o primeiro jato de água escorrer. Nessa espera, evocou a lembrança do Desejo. Não conseguia lembrar o nome verdadeiro, lembrou dos seus atributos físicos, sua cor, da bunda que ele não deixou ela apalpar e sobretudo do tamanho do seu membro. Mais uma vez, interrompeu os pensamentos, não queria antecipar os acontecimentos e muito menos deixar o fascínio dominar a razão. Dessa vez o banho foi rápido, não passou sabonete no corpo, apenas gotejou sabonete íntimo na palma da sua mão e acariciou a sua gruta para eliminar todos os resquícios do seu líquido. Após essa higienização, seguiu um conselho de Marylin Monroe: "duas gotas de Chanel n.º 5...", vestiu uma de suas camisolas transparentes de seda. Como usava pouca maquiagem, apenas água no rosto e um bom hidratante facial já eram o suficiente. Feita a preparação para uma noite tranquila de sono, voltou para o quarto e enterrou-se embaixo do edredom adormecendo em seguida.

Brummmm, brummm, brummmm... Aquele barulho insistente a despertou. Olhou em volta procurando de onde vinha aquele som perturbador. Lembrou que havia deixado o celular no silencioso, estendeu o braço e pegou o aparelho, não visualizou quem estava ligando, apenas preocupou-se em saber que horas eram. Já se passavam das 11:00 horas da manhã. Desligou, colocou o celular novamente no mesmo lugar e tentou dormir de novo. Ledo engano, sua cabeça doía, a garganta estava seca e amarga. Volúpia já não era mais a mesma, em tempos atrás bebia uma caixa de cerveja sozinha, não sentia ressaca e era capaz de passar dez dias bebendo sem parar. Levantou-se, foi até ao frigobar no quarto, serviu-se de um pouco de água e retornou para a cama. Enrolou-se em seu lençol branco de algodão 30 fios, pôs o tapa-olho de seda de cor lilás nos olhos e tentou dormir. Naquele dia esse era o seu único intento, repousar. Virou-se de um lado para outro na espaçosa cama, esticou as pernas, encolheu, tirou o lençol, pôs o lençol e não conseguia relaxar: a única coisa que estava conseguindo era ficar mais cansada.

Sentou-se na cama e um pensamento lhe veio à mente: "Quantos já teriam a desposado naquela imensa cama? Quantas juras de amor? Quantos segredos confidenciados? Quantos gozos e orgasmos foram vivenciados naquele aposento"? Eram muitas perguntas e ela não estava afim de pensar. Ligou o telefone e constatou a hora, a tarde estava iniciando-se, treze horas em ponto. Verificou as mensagens: três "bom dia" do Desejo, uma mensagem de voz de Aninha lembrando-a da reunião semanal do Clube da Loba, e mais duas de corrente assunto que ela não tinha interesse algum. Lembrou-se que passara bastante tempo que comera alguma coisa e estava faminta, talvez por isso não conseguia relaxar. Foi até ao banheiro, lavou o rosto, escovou os dentes, encarou-se no espelho, desejou-se bom dia e desceu para a cozinha.

Sua cozinha era toda equipada com o que há de mais novo na tecnologia, fogão cooktop, vários utensílios elétricos, uma bancada de mármore que utilizava sempre que ia preparar alguma massa, panelas de vários tamanhos organizadas em um grande armário de aço na cor preta com detalhes em prata. As paredes eram de azulejo em tom pastel e o piso com uma estampa marrom e branca de realce, no centro uma pequena mesa e quatro cadeiras. Preferia fazer suas refeições ali, deixava a sala de jantar apenas para as festividades quando reunia os amigos e familiares para se confraternizarem. Fora essas datas, preferia um clima mais intimista.

Pegou uma chaleira na parte de baixo do armário, pôs um pouco de água, preparou um café amargo para acordar o cérebro e organizar as ideias. Não gostava de café passado na cafeteira elétrica, para ela o sabor e o aroma não eram os mesmos. Enquanto preparava seu despertador, chega mais uma mensagem de texto do Desejo: "Já acordou, está passando bem?", por um momento chegou a se arrepender de ter lhe dado atenção e muito mais que isso, respirou fundo e soltou o ar bem devagar, repetiu três vezes seguida: "Calma, calma, calma", não respondeu ao insistente e foi verificar se a água já tinha fervido. Para sua sorte, sim, pegou um filtro de papel, colocou na xícara, esperou a água separar-se do pó, o que levou embora mais três minutos do seu dia.

Provou, "uuhhhh, ai, meu Deus, me ajuda" estava bastante forte, mas era um mal necessário. Enquanto enfrentava esse gosto desgostoso, deixou-se levar por suas lembranças da noite passada: a música "Segredo" que não saía da cabeça, duas gozadas, um pileque e um iniciante, não conseguia lembrar o nome verdadeiro dele. Mas lembrava-se de tudo mais. Desejo era um pouco mais alto do que ela, talvez um metro e setenta, não era gordo, mas também não era magro, o corpo era de quem frequenta ou frequentou academia, pele branca, olhos castanhos escuros, lábios carnudos e uma bunda de fazer inveja às mulheres: redonda, grande, lembrou-lhe o Pão de Açúcar, e o fator mais importante, o tamanho do seu membro: bem acima da média brasileira. Não chegava a ter medidas cavalares, assustadoras, mas era bonito de se ver. Pele rosada, era possível ver as veias e o sangue pulsando, circuncidado, pelos aparados, cheiroso — não o aroma de química. Mas o cheiro de homem ainda puro. Reto, a cabeça lembrava um lápis. Para ela, essas eram as melhores, não atrapalhavam na hora da penetração e ainda ajudavam a relaxar. A espessura era fina e ia engrossando até chegar à sua base. A dúvida era em relação às medidas.

Recordou-se de um livro que lera na adolescência: *A aliciadora feliz – A estonteante história da "madame" de Nova York*, de Xaviera Hollander. O livro narra as experiências da mulher que criou o primeiro prostíbulo na cidade de Nova York e em pouco tempo tornou-se a cafetina mais respeitada e procurada da América. No mencionado livro, a autora-personagem ensina uma técnica para se calcular o tamanho sem ter que medir. De acordo com os cálculos que Volúpia realizou mentalmente, poderia apostar em 20 cm x 4 cm, podendo ser um a menos ou um a mais. No próximo encontro, se acontecesse, ela esclareceria.

De tanto pensar, a fome aumentou e resolveu preparar sua primeira refeição do dia, que seria o seu almoço. Gostava de cozinhar, mas para muita gente. Tinha preguiça de preparar comida apenas para uma pessoa. Eram os momentos chatos de morar sozinha. Já estava tarde para pedir comida em algum restaurante — certamente chegaria para a janta. Enfrentou sua solidão, a preguiça que a dominava e elaborou rapidamente um cardápio leve: arroz branco refogado no azeite com alho e uma posta de filé de salmão marinado no gengibre com limão e alho, deixando dourar no azeite em fogo brando. Em meia hora estaria se alimentando.

Depois do almoço, já se sentido mais disposta, foi atualizar sua vida social/online. Conferiu as novas mensagens, encaminhou uma transmissão no whatsapp para o Clube da Loba: "Informando: Aninha, Meg e Paty, que nessa noite não beberia e ficaria encarregada de pegar todas em casa, bem como devolvê-las. Talvez não do jeito que pegou, mas devolveria. Iriam ao mesmo bar, ouvir música ao vivo, degustar algum aperitivo e pôr os papos em dias". Essa era a rotina do fim de semana daquele divertido grupo de mulheres maduras.

Encerrou a mensagem com um "até mais"...

CLUBE DA LOBA

Após o frugal almoço, retornou para a suíte. Queria aproveitar o fim da tarde para repousar, recuperar as energias e ter ânimo para a reunião do Clube da Loba logo mais.

Dormiu pelo que acredita ter sido uma hora ou uma hora e meia. Conferiu no relógio acima da cabeceira da cama, que marcava 18:00 horas. Só sairia de casa para pegar as amigas a partir das 21:00 horas. Teria tempo para retomar a leitura da semana e ouvir um pouco mais de música.

Levantou-se, trocou a camisola de seda por uma camiseta cinza do Mickey abraçado com a Minnie — dela nem lembra a origem: presente, alguém esqueceu ou comprou? Nada por baixo, desceu para a sala de som e vídeo, antes passou pela biblioteca, pegou o livro da semana. Estava lendo um romance teen, não era muito o seu gênero, mas gostava de ler de tudo um pouco.

O título escolhido para essa semana foi: *Lucas & Nicolas: um amor adolescente*, de Gabriel Spits. Segundo o resumo que consta na contracapa do livro:

"Aparentemente, eles têm pouco em comum: Lucas não tem talento para o esporte, mas é um gênio na escola. Sua vida social é nula, mas nas redes sociais se vira bem; Nicolas é o fortão da turma, bonito, popular. Suas notas são vergonhosas, mas nos esportes ele se destaca. Suas dúvidas irão uni-los; suas certezas podem ser desastrosas. Em seu romance de estreia, o paulista Gabriel Spits pinta um retrato honesto, cativante e bem-humorado da adolescência nos dias de hoje. *Lucas e Nicolas* é um romance sobre amizade e homossexualidade, amor e descobertas na fase mais conturbada da vida. Perfeito para fãs de *Will & Will*, de John Green, e dos livros de David Levithan, entre outros romances do segmento young adult"[1].

---

[1] Obs.: resumo copiado do site: https://books.google.com.br.

Volúpia finalizou a leitura desse livro, avaliou com quatro estrelas e colocou de volta na prateleira da estante de sua biblioteca particular em formação. Ela presume que já tem 400 livros, sonha com o dia em que consiga ler todos, mesmo que seja na aposentadoria. E ainda há os que ficam nas infinitas listas que ela elabora anualmente para comprar. De volta à sala de vídeo, liga o som e dá play na checklist que ouvira na noite anterior. Dessa vez vai direto para a canção "Segredo" e canta alto alguns versos que de tanto ouvir decorou:

"A vergonha não demora, jogando as roupas fora,

Despindo teu corpo fogoso

Teus músculos duros minha língua devora,

Arranho tuas costas, tua força evapora.

Vou ao delírio quando me abraça,

Beija meu pescoço, e me faz delirar,

E com as mãos toca meu íntimo,

Intimidade que eu só mostro a você.

Enlouqueço quando desbrava,

Devora o meu íntimo e eu quero mais,

Sempre mais"

(Tatá Arrasa)

Programou o modo repeat, acendeu as minúsculas luzes azuladas de LED para ajudar a relaxar, jogou-se na poltrona vermelha de couro, a sua predileta, estendeu as pernas sobre a mesinha de centro de madeira com tampo de mármore, fechou os olhos e se permitiu ser absorvida pelos acordes e palavras da linda música. Na terceira vez que ouvia, resolver avaliar o desempenho de "Desejo" na noite passada enquanto esteve em seus braços e em sua companhia: "Pelo conjunto da obra: 10, isso inclui beleza física e facial; iniciativa e abordagem, 0,9, experiência sexual, 0,6". Esse quesito precisava melhorar e muito, não se achava disposta a ensinar. Ao menos de imediato, deixaria o tempo correr, o resultado seria consequência, sem pressa de fazer acontecer. Ouviu a música "Segredo" mais duas vezes e, quando percebeu, o relógio da parede marcava 20:00 horas. Dispunha de uma hora para: tomar banho, arrumar-se e pegar as amigas em casa. Levantou de um pulo, desligou o som e correu escada acima. Dessa vez o banho não poderia passar de dez minutos, o que seria um recorde para ela.

Banho tomado, enxugar-se não fazia parte de seus hábitos, esperou alguns instantes ainda no box até a água escorrer por seu corpo e secar um pouco. Foi para o lavabo, escovou os dentes, gargarejou um enxaguante bucal. Penteou o cabelo, prendeu-o em um rabo de cavalo. Para o rosto, apenas um batom mate nos lábios e uma máscara incolor nos cílios. Saiu do banheiro e entrou no quarto, dirigiu-se até ao closet, dessa vez não pretendia escolher uma roupa provocante, optaria por uma roupa casual e uma lingerie discreta. Até parece que com um corpo daquele conseguiria passar pelas pessoas sem chamar atenção. Ali mesmo borrifou duas gotas de Acqua de Gior no colo, pulsos e dobras de joelhos. Vestiu suas peças íntimas: um conjunto preto e por cima um short verde que ficava na altura das coxas grossas, uma camiseta branca e, para calçar, uma sandália rasteira transparente: pronto, já estava arrumada. Conferiu a hora, faltavam vinte minutos para as nove horas, concluiu em tempo hábil, não necessitaria se apressar tanto. Todas as amigas moravam no mesmo bairro e o local do encontro seria por perto. Tudo calculado estrategicamente, mentalizou a rota: primeiro na casa da Aninha, em seguida pegaria Meg e por último Paty. Enviou um áudio no whatsapp avisando que já estava saindo de casa, era bom todas estarem prontas.

Como fora combinado, bastou apenas uma buzina na casa de cada uma das amigas e elas despontavam na porta alegres e sorridentes. Foram para o lugar de sempre, "O bar do Riso". Contavam 10 anos que frequentavam aquele ambiente e brincavam dizendo que já eram sócias: ali fora nomeado a sede do Clube da Loba. Os garçons e o dono tinham uma certa intimidade com as freguesas, mas nada que faltasse com o respeito ou fosse evasivo com elas. Eram sempre muito gentis e atenciosos, até porque a gorjeta que elas deixavam eram bem generosas. Foram atendias pelo garçom de sempre. Para beber, Aninha pediu Gim com tônica, Meg e Paty optaram por Tequila e Volúpia ficou na água de coco. Ainda para degustar o paladar, o pedido foi unânime: anéis crocantes de cebola, queijo à milanesa e camarão. Foi resolvido que comeriam cebola, pois não pretendiam beijar naquela noite e poderiam abusar.

O clube era formado por mulheres bonitas e inteligentes que se conheceram na adolescência e que estudaram juntas nos últimos anos do ensino médio. Foi ainda juntas que fizeram os testes vocacionais e comemoraram por conseguirem ingressar na faculdade no primeiro vestibular, apesar de cada uma optar por um curso diferente: Aninha escolheu Psicologia, Paty cursou Artes Plásticas, Meg, Educação Física e Volúpia, Administração. Mesmo com toda união, e apesar de estarem sempre próximas, o destino separaria aquelas amigas, nem que fosse por pouco tempo.

Foi na academia que surgiram as descobertas e experiências mais marcantes daquele quarteto: a primeira festa, o primeiro porre, a primeira transa, a primeira viagem. Enfim, tudo que se pode imaginar e, claro, sempre compartilhado e dividido no grupo. Atualmente a situação civil de cada uma estava assim: Volúpia, solteira, teve alguns envolvimentos e/ou compromissos, mas nunca chegou a casar; Aninha, divorciada, com um filho que morava em Boston, além disso ela não escondia de ninguém sua bissexualidade; Meg e Paty viviam em um relacionamento aberto que já passava dos sete anos, apenas não tinham coragem de unirem as escovas de dentes e também dividirem o mesmo teto, uma dizia que não suportaria a convivência com a outra e vez por outra seria bom variar o cardápio para não abusarem da mesma comida — e assim elas viviam felizes.

Entre drinques, aperitivos, risos e alfinetadas, o encontro das amigas corria tranquilamente até que a conversa foi interrompida por um bip no celular de Volúpia. Todas pararam e observavam o telefone dançar em cima da mesa. Foi só quando parou a dancinha que Meg, com sua agilidade de esportista, pegou primeiro o aparelho, não leu a mensagem, mas visualizou o rosto no perfil e curiosamente perguntou quem era o cosplay do Superboy. Espontaneamente Volúpia respondeu que não era ninguém e foi contra-atacada por Aninha: "Como ninguém? Um gatinho desse não é ninguém? Aí tem coisa...". A amiga corou e desviou o olhar para o chão. Não deixou de demonstrar mau humor quando Paty puxou o coro e as demais amigas continuaram: "Tá namorando, tá namorando, tá namorado...". Em um rompante a dona do celular bateu na mesa, para impor o respeito e assumiu: "Está bom, eu falo, essa presa eu abati ontem à noite. É um inexperiente que precisa ser iniciado, mas não sei se ainda tenho paciência para joguinhos e aventura. Vamos ver o que diz a mensagem: 'Boa noite, estou preocupado! Você não me respondeu ainda. Está passando bem? Agora estou no mesmo bar de ontem à noite, por favor, quando visualizar, responda. Beijos! Obs.: ainda estou sentindo o seu gosto'".

Houve um silêncio na mesa, troca de olhares, foi quando Meg falou: "Hummmm, a Loba fugiu do canil ontem à noite". Todas riram e o clima tenso foi desfeito. Voltaram para as conversas anteriores, planos e projetos futuros, vez ou outra uma piadinha com a cara uma da outra para descontrair, foi quando Volúpia pediu licença para ir até ao banheiro, só que levou o celular consigo, não queria ser mais motivo de assunto no grupo. Aninha se ofereceu para ir junto e se retiraram.

Chegaram próximo ao balcão, Volúpia sentiu a garganta fechar, um aperto no peito e as pernas tremerem, ela viu a personificação do passado. Encontrou "G", um caso, foi com ela que ele teve as primeiras experiências, passaram talvez três anos se pegando, só pararam porque ela teve que passar um tempo fora para fazer seu mestrado em Marketing e nesse período ele casou, tornou-se pai e engordou também. Quando ela retornou desse breve sumiço, o tesão acabara e eles ficaram sem se falar, perderam totalmente o contato e agora ele estava ali na sua frente sorrindo e ainda desejando a ela uma boa noite. Ela ficou embaraçada, nem lembra o que respondeu, entrou rapidamente no banheiro, respirou fundo três vezes seguidas e nem fez o que tinha ido fazer, até porque esquecera por qual motivo tinha vindo parar ali. Só não mergulhou nas lembranças por causa de Aninha, que batia à porta feito uma desesperada. Do lado de fora já se formava uma fila de mulheres desejando entrar ali também. Saiu desconfiada, não falou nada. A amiga lhe puxou pelo braço e ela passou por "G" de cabeça baixa. Quando já estava quase chegando à mesa, olhou para trás, viu que ele a seguia com o olhar, ela sorriu e ele retribuiu.

De volta para as amigas, ficou calada, só respondia quando elas perguntavam alguma coisa, prestava atenção na conversa de Paty que agora estava envolvida em um novo projeto: a gravação de um EP. Mesmo sendo artista plástica, exercia outros dons para as artes. Na adolescência fora incentivada pela mãe para estudar piano e canto, tocava ainda violão. Uma vez por mês tocava em um barzinho da zona sul só por hobby. Agora ela estava disposta a investir no universo musical, projeto esse que tinha total apoio da parceira Meg, inclusive era ela quem entrava em contato com compositores, produtores e também cuidava da contratação do estúdio onde seria feito o registro fonográfico das canções. Foi só quando ouviu o nome Tatá Arrasa que Volúpia despertou do transe que estava vivendo. Aquele nome não lhe era estranho, memorizou-o mentalmente para depois pesquisar sobre a pessoa.

Mais desperta e pouco participativa, mudou a posição em que estava sentada à mesa e, ao levantar a vista, viu, sentado à mesa da frente, "G" e seus amigos. Tentou disfarçar, evitava olhar e vez em quando os olhares se encontravam, o que a deixava constrangida, até chegar ao ponto de ela convidar as amigas para irem embora. Não houve contestação, pediram a conta e foram embora. Novamente o mesmo translado, ficando por último Aninha. Só quando ficaram as duas foi que Volúpia não aguentou a curiosidade e pediu à amiga que lhe falasse alguma coisa a respeito de "G".

A amiga confidenciou que havia percebido o constrangimento e como a conhecia estava só aguardando ela quebrar o silêncio e perguntar. "Pois bem, ele está separado, a filha ficou com a mãe e ele voltou a morar com os pais". A inquisidora, que ouvia tudo atentamente, apenas comentou: "Ele emagreceu, está bonito, até lembrei do passado de quando nos amamos". A amiga advertiu: "Cuidado, esse homem é encrenca, é melhor ficar longe dele". "Tudo bem, eu sei, vou me controlar". Aninha comentou: "Assim eu espero". As duas se despediram, um beijo em cada lado do rosto, a motorista aguardou a amiga entrar em casa e foi embora.

Já em casa, Volúpia seguiu o ritual de sempre: lavou o rosto, passou hidratante, pingou duas gotas de Chanel n.º 5, vestiu uma camisola, atirou-se na cama, colocou uma venda nos olhos e tentou dormir, apesar de que tinha certeza que seria quase impossível relaxar naquela noite, com os fantasmas girando em sua memória. Deu boa-noite para si mesma e desejou-se boa sorte, era tudo o que poderia fazer...

G - O FANTASMA

A noite fora longa para Volúpia, a Loba não relaxou o suficiente. Sonhara bastante e não lembrava de quase nada, imagens desconexas fervilhavam em sua mente, fatos fora de ordem cronológicas a atormentavam, a única certeza: tudo estava conectado à figura de "G". O sono só veio mesmo ao raiar do dia. Como era domingo, deu-se o direito de recuperar as horas perdidas de sono.

Despertou por volta das duas horas da tarde. Com a cabeça doendo, cansaço físico, sem ânimo para fazer nada. Levantou-se, foi para o banheiro, onde realizou sua higiene matinal: lavar o rosto, escovar os dentes e aliviar suas necessidades fisiológicas. Após satisfazer suas necessidades, alongou o corpo, respirou algumas vezes pausadamente, sentindo-se mais disposta, dirigiu-se para o seu closet e escolheu uma roupa leve de malha para vestir: short curto na cor cinza, uma regata branca, nada de peça íntima, o propósito era relaxar.

Desceu para o andar de baixo, foi até à cozinha providenciar algo para comer. Dessa vez não cozinharia, abriu a geladeira em busca de algo já pronto, apenas para aquecer no micro-ondas. Olhou, tirou vasilhas, garrafas do lugar, vasculhou e encontrou, no fundo da gaveta de frios, uma porção de torta de frango que Maria, sua diarista, havia preparado na quarta-feira quando veio para a faxina semanal. Achou o que procurava, agora era só aguardar o tempo de aquecimento, saciar a fome e pensar em alguma coisa para fazer naquele domingo enfadonho.

Após o almoço, foi para o jardim aproveitar a tarde de sol. Sentou-se na cadeira embaixo do guarda-sol à beira da piscina. Pegou o celular para ver o que havia acontecido no mundo ou no seu pequeno universo naquelas horas em que ficara desconectada: no whatsapp, vídeos e áudios das amigas, alguma mensagem de otimismo e parece que Desejo cansara do vácuo, não enviou nada. Passou vagamente por cima das conversas, não teve interesse em assistir ou ouvir, depois apagaria. Esses conteúdos ocupavam bastante memória além de deixar o aparelho lento.

De repente, lembrou-se do nome Tatá Arrasa. Imbuída por um sentimento de curiosidade, digitou o nome no Google e esperou a resposta do buscador. Assustou-se quando viu na tela inicial de pesquisa: sete tópicos faziam referência ao nome Tatá Arrasa:

O site de composições inéditas: www.tataarrasa.com.br;

Facebook: https://www.facebook.com/tata.arrasa;

Canal no Youtube: https://www.youtube.com/channel/UCxB0_0oabAe68WgJ7eA94AA;

Perfil no Soundcloud: https://soundcloud.com/tata-arrasa-composicoes;

Conta no Twitter: https://twitter.com/tataarrasaofc;

Instagram: https://www.instagram.com/letrastataarrasa/?hl=pt-br;

E um blog: *Íntimo & Pessoal*, além de notícias em blogs e várias imagens.

A curiosidade de Volúpia só aumentava, não se importou, pois dispunha da tarde inteira para stalkear a vida daquele artista.

Iniciou pelo site, clicou no link sugerido e uma nova janela abriu-se na tela do seu celular. Um site com uma logomarca bonita em fundo azul. Foi direto para a aba "Sobre", mais um clique, onde leu o perfil do artista:

"Tatá Arrasa é Letrista, Ator e ainda escreve nos blogs: Íntimo & Pessoal e Diário de um Câncer. Suas letras refletem sua sensibilidade, algumas consideradas ousadas pelos críticos e se Tatá for influenciado por Bocage? Em sua obra somos convidados a nos embriagarmos com romance e doçura, como aperitivo servimo-nos de versos alegres e descontraídos que fazem jus ao nome Tatá Arrasa. Venha fazer parte desse banquete! Aprecie, saboreei e compartilhe com todos. A casa é sua!"[2].

Além da aba "sobre", mais três constavam no layout: "Composições Inéditas", "Íntimo & Pessoal" e "Contato". Clicou em cada uma, não deixando de encantar-se com a riqueza de informações: a poesia, o romance e as imagens bonitas que o site mostrava. Salvou nos favoritos, para depois conferir com calma e degustar as músicas.

Voltou para a tela de pesquisa, para ver em qual link daria o próximo clique. Releu a lista e optou pelo primeiro blog: *Íntimo & Pessoal*.

---

[2] Obs.: copiado do site: www.tataarrasa.com.br.

De cara já gostou do layout e da pequena descrição abaixo do título: "Espaço para registrar minhas opiniões, desilusões, desejos. Enfim, para que eu possa expressar meus sentimentos!". Não gostou muito quando começou a ler o último texto postado. No primeiro parágrafo, o autor explicava que o blog estava sendo desativado. Continuou a ler e alegrou-se quando viu que esse estava migrando para outra plataforma. Passeou por toda a página e viu que aquele blog já tinha mais de dez anos. Sua curiosidade a guiou para os primeiros textos e o primeiro a ser lido foi:

"EU, VOCÊ E UM ALGO MAIS

Um olhar, um aceno,

Um gesto, um sinal.

Um tempo, um lugar

Passos à frente, passos que te seguem.

Um instante, nós dois.

Minhas mãos, teu corpo.

Teu membro, minha boca.

Minha gruta, teus dedos.

Teu sorriso, meus gemidos.

Meus espasmos, teus sussurros.

Tuas mãos, meu membro.

Meu prazer, teu prazer.

Um algo mais..."

(Tatá Arrasa)

Leu uma vez, repetiu a leitura, releu e fez todas as pausas, não escondeu uma breve excitação que surgiu. Respirou fundo e prosseguiu na imersão daquele blog, próximo texto a ser lido:

"O lençol manchado

Você surgiu cavalgando um lindo cavalo de pelos macios e sedosos. Vestido com uma túnica branca que realçava seus músculos e abdome, suas pernas torneadas estavam à mostra. Uma verdadeira escultura grega.

Estendeu o braço convidando-me para um passeio. Minha mão se perdeu dentro da sua. Seguimos por um vale encantado, em um determinado momento você desceu do cavalo e pediu-me para confiar em você. Eu estava tremendo, meio assustado com o seu tamanho e calmamente você foi me mostrando que não havia motivo para pânico.

Suas mãos começaram um passeio por minhas costas massageando-me, ao mesmo tempo sussurrava coisas em meu ouvido que eu não conseguia distinguir, pelo jeito eram palavras doces, pois conseguiu me acalmar. Pude então olhá-lo nos olhos. Eles eram tão verdadeiros e brilhantes, inspiravam-me confiança. Nesse exato momento seu sexo apresentava uma saliência protuberante sob a túnica, provocando em mim ondas de desejos. Olhei tão fixamente que seu membro foi tomando proporções imensas que levantou a pequena veste que o cobria. Fiquei extasiado com o que via. Era de uma beleza extraordinária, exalava um aroma agradável, tinha uma pele macia e rosada como bumbum de neném. Não resisti e comecei a massageá-lo, de súbito dei uma lambida, com a qual você ficou todo arrepiado. Parecia que uma orquestra nos embalava com sua música. Comecei um vai e vem ritmado dentro de minha boca, você estava relaxado e fazia uma expressão feliz.

Encantados pelo momento, nossos corpos adquiriram linguagem própria e nos dominaram. Eu te queria e você também desejava o mesmo. Virei de costas e você se ajoelhou até mim, fazendo reverências. Mordeu e deu tapinhas em minha bunda. A libido estava eufórica. Me rendi ao toque de seus lábios em meu quadril, parecia uma criança encantada com um brinquedo novo e queria descobrir todas as funções que ele poderia lhe oferecer. Já não mordia mais e nem dava tapinhas, agora brincava com os dedos. Só senti quando você me penetrou com o anelar em um gostoso vai e vem. Quando percebeu que eu estava relaxado, tirou e me abraçou gostosamente como se quisesse me proteger provocando assim o roçar de seu falo em mim. Ficou ali só se insinuando. Um verdadeiro cavalheiro esperando permissão para entrar, não forçou a situação e nem se aproveitou da força, tudo aconteceu naturalmente. O botão desabrochou em rosa para aquele beija-flor que ansiava por seu néctar. De repente você já estava dentro de mim conhecendo toda a minha intimidade. Desejei ficar assim para sempre. Havia no ar um toque de cumplicidade e harmonia. Não houve domínio. Tudo ali fora fruto da conquista e entrega.

Você parecia não acreditar no momento mesmo quando tudo já havia se consumando. Permaneceu dentro de mim em um total estado de êxtase. Talvez tivesse medo de eu fugir ou já tivesse a certeza de que tudo ali não passava de um sonho. Foi tudo tão maravilhoso que adormeci em seus braços.

Acordei com o sol alto, talvez já fosse meio-dia, estava um tanto quanto desapontado por comprovar que tudo não passava de um sonho que talvez eu nunca conseguirei realizar, consolando-me apenas com um lençol manchado...".

Se, ao ler o primeiro poema no blog *Íntimo & Pessoal*, Volúpia ficou excitada, o que dizer desse conto? A Loba, entregou-se às palavras do autor e permitiu-se vivenciar aquela experiência que a convidava a sair do modo racional e imaginar as sensações que o personagem do texto descrevia. Ondas de calor percorriam por seu corpo, sentia a boca salivar, os bicos do seio enrijeceram com a brisa fria que começou a correr no fim da tarde, batendo na leveza de sua camiseta fina, os pelos dos seus braços bem como os poucos que habitavam nas partes íntimas ficaram arrepiados. Se o texto não tivesse se encerrado, era capaz de atingir um orgasmo ali mesmo.

Para conter o estado de euforia no qual seu corpo se encontrava, resolveu tomar um banho gelado na piscina. Em um movimento brusco, retirou a camiseta e apenas com um puxão o short curto desceu, contou até cinco e jogou-se na piscina. Mergulhou algumas vezes, foi de um lado a outro e, quando cansou, deixou seu corpo boiar na água. Olhando para cima, avistou a lua que chegara e ela nem tinha notado. A luz do luar refletindo na água levaram-na para longe. Aquela imagem momentânea chocou-se com imagens do passado, lembrou-se que uma vez fizera amor com "G" à luz da lua na beira de um rio. Foi uma lembrança rápida, rapidamente ela recuperou o controle da situação, decidiu que não permitira que um fantasma a perturbasse. Durante a semana resolveria essa situação. Saiu de dentro da piscina, adentrou na casa, estava sentindo frio.

Enxugou-se, vestiu um babydoll confortável, ligou para o restaurante, pediu para fazerem uma entrega de uma porção de sushi. Enquanto aguardava, ligou a televisão e zapeou. Não achando nada de atrativo na programação, sintonizou o canal da Netflix, conferiu as sugestões, nada a atraía. Nesse tempo a entrega chegou, recebeu, pagou, comeu e voltou para seu quarto. Ajeitou-se para dormir, programou a TV para desligar após quarenta minutos, uma rápida conferida no smartphone, nada de interessante e muito menos mensagem do Desejo. Estava na hora de Volúpia atacar, escreveu algumas linhas e enviou para ele: "Boa noite, estou bem! Só preciso exorcizar um fantasma, fora isso tudo sobre controle. Desejo a você uma ótima semana. Bjs.".

Feito isso, programou o aparelho para despertar às seis horas da manhã, em seguida adormeceu.

CURIOSIDADES, PLANOS E DESEJOS

Acordou junto ao despertador, levantou ao primeiro sinal, nada de mais cinco minutos ou programar soneca. Aquela semana seria decisiva para a Loba, exorcizar um fantasma, decidir se valia a pena embarcar em uma aventura romântica e fechar novos contratos.

Levantou-se, enfrentou o chuveiro para despertar, arrumou-se sobriamente, escolheu um blazer da coleção que já contava com mais de vinte, selecionou um scarpin de camurça preto e uma saia azul-escuro acima do joelho. Estava pronta para trabalhar, conferiu a bolsa que sempre levava para o trabalho, tudo em ordem, pegou a outra em que levava o notebook e saiu. O café da manhã tomava na padaria que ficava na esquina do prédio onde estava localizado o seu escritório.

A manhã passou até rápido: conferir agenda, marcar reuniões, confirmar datas de eventos e convites, ler e responder e-mails. Quando deu por si, já era quase meio-dia, o estômago sinalizou que era hora de parar e almoçar. Almoçava sempre em um restaurante que ficava na mesma rua, há mais de cinco anos que diariamente comia ali. Gostava do buffet de salada, as opções de pratos eram bem atraentes, além de nutritivas. Para quem vivia de dieta como ela, aquele restaurante era o ideal.

Após o almoço, apreciou um café forte para manter o cérebro desperto, não era muito fã de doces, por isso dispensou a sobremesa. Permaneceu sentada à mesa e ficou a observar o ambiente, os clientes que entravam e saíam, seus gostos, comportamentos e tudo mais. Naquele dia recusou a companhia dos colegas de trabalho alegando que teria um compromisso naquele horário. Na verdade, ela estava se precavendo, se, por um acaso, recebesse alguma mensagem do Desejo, não queria curiosos à sua volta. Ponto positivo para sua intuição: prestes a ir embora, sentiu quando o aparelho vibrou dentro da bolsa. Discretamente a abriu, procurou o aparelho e na tela estava a foto dele piscando. Olhou atenciosamente, concordou com a analogia das amigas, o moço parecia com o Superboy: sobrancelhas grossas, queixo quadrado, pele branca e um óculos cuja armação remetia à imagem do astro. Leu a mensagem: "Bom dia, achei que tivesse perdido você, fiquei com medo. Não vou incomodá-la, fique à vontade, quando resolver seus problemas, me procure, eu a esperarei. Devore-me e use-me!! Bjs.". Deu um sorriso malicioso ao ler a mensagem, se tivesse alguém por perto seria capaz de jurar que ela estava flertando ou dando mole para algum homem naquele ambiente. Soltou um beijo no ar, respondeu a mensagem com uma carinha feliz e olhos de coração.

Guardou o celular, pagou sua conta, retornou para o escritório, concentrou-se em suas atividades, fez tudo o que estava programado para aquele dia. Após o fim da jornada de trabalho, daria continuidade à sua rotina semanal de cuidados com o corpo: as segundas e quartas eram reservadas para as sessões de pilates; terça e quinta: musculação e natação. Rotina essa que Volúpia seguia religiosamente, não teria um corpo saudável se não fosse tão dedicada.

Após a sessão de pilates, com os ossos nos seus devidos lugares e a postura corrigida, passou na lanchonete para um lanche, pediu um suco detox de clorofila com abacaxi e hortelã, acompanhado de um sanduíche de pão integral de sete grãos com recheio de ricota light e peito de peru. Degustou com calma, pagou e foi embora. No caminho para casa, ligou o som e foi direto para a música do Tatá Arrasa, que adotara como tema: a canção "Segredo". De tanto ouvir, já tinha decorado as palavras daquela poesia cantada.

"Vou ao delírio quando me abraça,

Beija meu pescoço, e me faz delirar,

E com as mãos toca meu íntimo,

intimidade que eu só mostro a você.

Enlouqueço quando desbrava,

Devora o meu íntimo e eu quero mais,

Sempre mais [...]"

Ouviu e cantou mais duas vezes seguidas, em um piscar de olhos estava em casa. Estacionou o carro na garagem. Como de costume, tirou as sandálias, caminhou descalça pela estradinha de pedra e entrou em casa pela porta lateral que dá acesso à cozinha. Foi até à sala, guardou suas bolsas, foi até à miniadega, abriu uma garrafa do seu vinho tinto predileto, serviu-se de uma taça, voltou para a sala. Parou em frente à sua poltrona preferida, despiu-se, deixou o corpo cair em cima da velha cadeira, sorveu um gole e fez o que sabia fazer de melhor, relaxar. Com a sala à meia luz, refletiu e divagou por que o reencontro com "G" a estava perturbando tanto? Que domínio aquele homem ainda exercia sobre ela, o que poderia fazer para livrar-se? Entre pensamentos e divagações, a taça secou, ela preferiu ir tomar seu banho.

Hoje merecia uma sessão de banho terapia. Resolveu encher a banheira, jogou sais de banhos aromáticos, colocou a touca de proteção nos cabelos para não molhar suas madeixas, ligou o som e deixou a canção "Segredo" embalar o seu banho:

"Passam os dias, as noites voam,

Quando nos amamos o tempo não importa

Os amantes tudo suportam,

A delicadeza dos momentos se prendem nas paredes vazias.

O segredo é o nosso tormento [...]".

Com o corpo submerso na espuma aromática que inundava a banheira, os olhos fechados, a música a dominar os pensamentos, Volúpia lembrou-se da figura de "G" sorrindo para ela no balcão do bar. Estava em dúvida se era um sorriso convidativo com a possibilidade de reviver um flashback ou se ele apenas estava sendo gentil em nome dos bons tempos? Tentou mudar o foco do pensamento, tudo que conseguiu foi evocar mais memórias. Fechou os olhos com mais força como se isso pudesse interromper a intensidade de suas memórias, blecaute de pensamento, abriu e piscou os olhos duas vezes, entregou-se.

Voltamos no tempo há dez anos, quando Volúpia era a festa na cidade e todos a desejavam. "G" era um rapaz saindo da adolescência, magro, corpo musculoso com pernas grossas, querendo ou não, fazia sucesso entre as mulheres. Por sorte do acaso ou trabalho das forças ocultas, em uma noite de sábado, o encontro dos dois aconteceria. "G" fora o escolhido da noite para fazer parte da lista de homens possuídos por Volúpia.

"A lua se escondeu, as estrelas estavam tímidas e não deram o ar da graça! O céu estava cinzento e uma densa neblina deixou a noite com um aspecto sombrio, nada inspirador para os amantes.

Mas minha intuição me dizia que a noite seria especial! Não sei se porque vi você à tarde e meu coração palpitou de uma forma que há tempos não sentia, meu corpo inteiro reagiu, um calor percorreu cada músculo e as lembranças povoaram minha memória num piscar de olhos. Tive que me conter e me contentar só em olhar e seguir meu caminho. À noite, preparei-me psicologicamente e fisicamente. O banho foi demorado como de costume, hidratei-me com um bom e refrescante óleo de banho para deixar a textura da pele macia e cheirosa. Vesti-me e fui para a rua encontrar as amigas e aguardar as surpresas que o destino me reservava.

Alguns copos de vinho para aquecer um pouco do frio, a noite seguia normalmente. 'Oi' para um, 'olá' para outro, abraço em um amigo, aperto de mão em um conhecido, conversas atualizadas, pessoas se dispersando, altas horas, madrugada chegando, mas não me deixei desanimar, estava eufórica e eu desejava encontrá-lo. Firme em meu propósito, estava no balcão do bar tomando uma água quando você chegou, olhou-me nos olhos e só falou: 'estou indo pra casa, tá afim não?'. Era tudo que eu mais desejava, poder senti-lo desbravando cada centímetro do meu corpo. Respondi que sim e fui para o local por você indicado, como em um passe de mágica você surgiu excitado, respiração acelerada, o desejo era visível em seu corpo, suas mãos dominadoras fortes e viris apalpavam, desciam e subiam passeando sobre mim. Ahhhh, o cheiro era forte e intenso, os gestos eram másculos e delicados, pele morena, pelos rentes, o sabor extraordinário.

Embalados pela excitação, o calor que emanava dos nossos poros, só senti quando você me girou no ângulo de 90º, virando-me de costas, seus lábios mordendo meu pescoço, seus pelos eriçados roçando em mim e seu membro ávido por explorar minha gruta: deixei-me dominar por sua força, cedendo ao peso do seu corpo em um encaixe perfeito. Nesse instante em que me permitia ser possuída por você, dançando conforme o seu ritmo, nossos corpos executavam um balé que nenhum compositor ousou compor ainda.

O ambiente não era um dos mais adequados para testemunhar um ato de romance, mas se permitiu ser usado e acabou sendo cúmplice do desejo da carne. Seus impulsos eram amortecidos por minha pele, a cada estocada sua, relaxava mais e pedia para que você continuasse. Não tenho noção de quanto tempo ficamos entrelaçados, suas pernas apoiadas nas minhas para permitir mais apoio, sua língua passando de leve em minha orelha, movimentos mais precisos, suor escorrendo, um gemido alto, sua energia dentro de mim, você desabando por cima do meu corpo e o prazer foi consumado. Não controlamos nossos instintos e nos permitimos viver o prazer intensamente.

Não somos amigos, não somos namorados, mas, por um instante, fomos amantes! Eu sei que amanhã você nem vai falar comigo na rua, serei pra você novamente uma completa estranha e eu seguirei minha vida normalmente até que, um dia, como um fenômeno raro das forças naturais e da lei da atração, nossos corpos possam se encontrar para mais uma sessão de: TESÃO, SEXO & PRAZER".

Volúpia relembrou detalhe por detalhe do primeiro encontro com "G" e constatou, que durante todo o tempo em que se relacionaram, seus encontros eram fugazes, sem muitas conversas, o que era compensado com várias horas de contato físico e bastante prazer sexual. Juntos, o casal explorou as várias possibilidades, ultrapassaram limites, amaram-se loucamente, ou melhor dizendo, devoraram-se um ao outro.

Com o corpo e mente relaxados, Volúpia abriu os olhos, estranhou o local onde estava. Precisou de alguns segundos para se recompor e encarar a realidade. Saiu de dentro da banheira, vestiu seu roupão de cor bege, foi para o quarto, sentou-se na cama. Tentou organizar as ideias em relação a "G". Não eram as lembranças daquele fantasma que a atormentavam e sim a curiosidade para saber o que o tempo e a experiência de casado tinham agregado à vida daquele que fora seu "partner" na busca e encontro do prazer. Foi uma viagem longa, porém intensa e satisfatória a ambos. Estava decidida: daquela semana não passaria esse encontro, ela voltaria naquele bar todos os dias até reencontrá-lo e pôr um fim à sua curiosidade.

Levantou-se da cama, voltou ao banheiro, escovou os dentes, penteou os cabelos e pingou duas gotinhas do Chanel n.º 5. Dirigiu-se ao closet, escolheu uma camisola fina de seda na cor vinho e foi para a cama, estava consumado o ritual noturno para uma tranquila noite de sono. Deitada na confortável e ampla cama, com o controle na mão, programou o ar-condicionado, acendeu as microluzes azuis de LED, guardou o controle. Pegou o celular no criado-mudo ao lado da cama, programou o despertador para as seis horas da manhã, encaminhou uma mensagem no whatsapp para o Desejo, nada de textos complexos, apenas um GIF de uma mulher soltando um beijo no ar. Feito isso, colocou o celular de volta no local onde estava antes, vendou os olhos e adormeceu.

A LOBA NO CIO

Mais um dia inicia-se.

Volúpia segue sua rotina semanal sem nenhuma interferência.

Arrumar-se, café da manhã na padaria da esquina do trabalho, almoço no restaurante de comida natural. Pausa para relaxar e conferir a vida online: mensagem de Desejo em resposta à dela, enviando um GIF de um coração piscando, outras mensagens dos seus contatos que enviaram: piadas, correntes e blá, blá, blá. Fim do break, hora de retomar o trabalho. Curiosamente a tarde passa mais rápido do que o horário da manhã, a jornada de trabalho daquele dia chega ao final.

Não desejava que o dia passasse rápido, entretanto, não conseguia esconder uma dose de ansiedade que vez ou outra vinha lhe perturbar. Com a noite chegando, junto a ela venho uma sensação de ânsia: sentiu as pernas tremerem, suores frios transpirarem em suas mãos; sentiu as pernas moles, a cabeça latejar um pouco. Saiu de trás da mesa de trabalho, foi até ao toalete, borrifou um pouco de água fria no rosto, encarou-se no espelho e pronunciou em voz alta: "é hoje, tem que ser hoje, de hoje não passa"! Tirou um lenço umedecido do porta-lenços, que estava em cima da pia, passou suavemente pela face, secou as mãos no secador automático e retirou-se. Na sala, conferiu se estava tudo organizado, pegou as bolsas e foi embora.

Ainda precisava passar na academia para a aula de natação. Nessa semana não faria musculação, deixaria para a próxima. Quando terminou, deu uma rápida passagem na lanchonete, pediu uma salada de frutas e cereais para viagem, preferiu comer dentro do carro, não desejava perder tempo, sua única vontade era estar logo no Bar do Riso e encontrar "G".

Por sorte, o trânsito estava calmo, sem engarrafamento e os sinais não demoravam muito tempo para abrir. Não ligou o som, tamanha sua ansiedade, devorou de uma vez o copo de salada de frutas, quando se deu conta chegara em casa. Achou que o trajeto fora rápido demais, questionou-se se não tinha atropelado ninguém ou cometido alguma infração, pediu a Deus para não chegar nenhuma multa. Tirou as sandálias, desceu do carro, caminhou descalça pela estradinha de pedra, entrou pela lateral da cozinha, deixou as bolsas na sala, correu escada acima. Tinha pressa de tomar banho, escovar os cabelos, arrumar-se e correr para o Bar do Riso.

Tirou a roupa de uma vez só, puxou a saia para baixo junto à calcinha, levantou os braços e puxou a camiseta, abraçou-se de costas para o espelho e desabotoou o fecho do sutiã, virou de frente, olhou-se no espelho para conferir como estava sua depilação — não estava sem pelos como desejava, mas também não estavam altos como uma Mata Atlântica. Aquele detalhe não atrapalharia o encontro que ela passara o dia esperando e programando. Resolveria o pequeno incidente no box e, quando estivesse arrumada, ligaria para o salão para agendar um recapeamento geral — fez uma anotação mental.

Dentro do box, procurou um aparelho de barbear no armário, passou um pouco de óleo de amêndoas na mão esquerda, sentou-se no vaso sanitário, de frente ao espelho começou uma pequena operação cirúrgica, massageou sua pelve com o óleo de amêndoas para dar uma emoliência ao pequeno tufo de pelos e facilitar o deslizar das lâminas. Volúpia preferia sem pelos, mas naquela noite resolveu inovar. Raspou os excessos, fazendo um desenho que lembrava o bigodinho de Hitler. Achou que "G" gostaria do resultado de ver o contraste de cores do branco com o preto. Terminada a operação, correu para debaixo do chuveiro. O tempo estava correndo. Ela não queria se atrasar para aquele encontro que ela marcara sem comunicar a "G".

O banho foi mais rápido do que esperava. Vestida com seu roupão felpudo, já estava secando o cabelo. Decidiu não fazer a escova, apenas os pentearia e os deixaria soltos. Um batom vermelho-vivo nos lábios, rímel nos olhos, um pouco de blush nas bochechas, fim do primeiro round, agora era só escolher a lingerie e a roupa que usaria por cima. Correu para o closet, atrapalhou-se. Nunca se sentiu tão confusa na hora de escolher o que vestir, abre gaveta, fecha gaveta, abre porta, fecha porta, abaixa, levanta até que chegou uma hora que sentiu vontade de gritar, parecia uma adolescente que vai ao primeiro encontro. Passou precisamente trinta minutos escolhendo o que vestir, já tinha perdido tempo demais, por isso se vestiu de uma vez só, quando terminou de se arrumar, olhou-se no espelho e gostou do que viu. Como lingerie, escolheu um body preto de renda, por cima usou um vestido preto com detalhes na cor nude, o comprimento era até a altura dos joelhos, além de ser colado ao corpo, sem decotes na frente ou nas costas, mas com uma pequena fenda na lateral. Para calçar, uma sandália preta com um salto de quinze centímetros, um bracelete prata e uma pequena bolsa de mão na cor prata. A cereja do bolo ficou por conta do perfume, o escolhido para a ocasião foi o 212 Sexy, seu preferido e companheiro nas noites de amor.

Entrou no carro, saiu delicadamente da garagem, abriu o portão com o controle remoto, deslizou em seu possante pela avenida. Enquanto dirigia, repetiu as mesmas frases que pronunciou no fim da tarde no banheiro do seu escritório: "é hoje, tem que ser hoje, de hoje não passa!". Como um mantra, essas frases foram repetidas por mais três vezes seguidas. Certa vez, ela tinha lido em um dos livros da série O segredo: "tudo que desejares, deverá pronunciar sempre em voz alta e repetir três vezes seguidamente". Depois que aprendeu isso, nunca mais esqueceu e fazia sempre.

Ao se aproximar do bar, parou o carro um pouco distante, não queria chamar a atenção, até porque estava só, o que poderia dar margem para abordagens indesejadas, e a noite estava prometida para reatar laços com "G". Ao entrar no bar, o proprietário não conteve sua admiração, fazia bastante tempo que Volúpia não aparecia por lá nos dias de semana e principalmente sozinha. A Loba percebeu o embaraço do amigo e com simpatia tratou de desfazer o clima apreensivo que se formara. Deu boa-noite, ofereceu a mão para ele beijar, falou: "Amigos visitam uns aos outros, você acha que fiz mal em vir visitar você?". Ele beijou a mão da Dama, deu um sorriso maroto e exclamou: "Claro, claro, você será sempre bem-vinda! Bebemos o que para comemorar essa visita?". Ela respondeu que gostaria de uma taça de Martine Rosê e ele escolheu uma cerveja em lata para não deixar a amiga sem um brinde. Como o bar estava vazio, ela não queria sentar-se em uma mesa isolada, pediu para sentar-se ali mesmo em frente ao balcão, estratégia criada por ela, sentaria no mesmo local onde encontrou "G" na semana passada.

Bebidas servidas, brindes realizados, os amigos soltaram-se mais um pouco e começaram a conversar sobre o passado, o que a vida vinha fazendo com cada um, o que eles esperavam do futuro. Reservadamente, Volúpia não dava muitos detalhes de sua vida, dependendo do assunto falava um pouco mais e às vezes respondia com monossílabos. Olhou no relógio na parede à sua frente, passara-se uma hora que chegara ali e nada de "G". O tempo estava correndo, ela teria que ir embora cedo, calculou. Planejou voltar para casa a meia-noite. Não estava gostando do assunto com o amigo. Para fugir da situação, pediu para ele ligar o som. Como ela era a única cliente, valeu-se do benefício de escolher o que gostaria de ouvir. Pensou um pouco, avaliou as sugestões oferecidas pelo anfitrião: forró, descartado; românticas internacionais, também não; axé piorou; olhou mais algumas e escolheu pop rock dos anos oitenta.

Quando o som foi ligado, ela pediu mais uma taça de bebida e virou-se de frente para a rua, dando as costas ao balcão bem como para o amigo, indicando que a música era mais interessante que a conversa de ambos. As músicas eram variadas: Kid Abelha, RPM, Engenheiros, Titãs e Legião Urbana, essa era a sua preferida da época de sua juventude e consequentemente era a que "G" mais curtia. Cantava mentalmente música por música, mas apenas uma a desligou do presente e a levou de volta para o passado.

"Há tempos":

"Tua tristeza é tão exata

E hoje o dia é tão bonito

Já estamos acostumados

A não termos mais nem isso [...]"

Legião Urbana

Fechou os olhos, bebericou sua bebida. Sentiu a mão de "G" alisando seu rosto em uma noite de chuva, ambos estavam deitados na cama, ela usava apenas calcinha, ele estava de cueca, deitados de frente um para o outro, olho no olho e trocas de carícias. O som ligado, a luz da luminária laranja iluminava o quarto, ele levantou da cama, foi até o som, aumentou o volume que mesmo assim continuou abafado pelos pingos da chuva. Ela levantou-se e foi para onde ele estava, tentando realizar passos de dança. Ela alterou-se e quis brigar com ele alegando que a qualquer hora os vizinhos poderiam acordar e reclamar do barulho.

Ele a abraçou por trás, beijou seu pescoço e pediu: "Me ensina a dançar". Ela não resistiu ao apelo, ele pegou a sua mão e a girou para que ambos pudessem ficar de frente. A música era agitada, mas eles dançaram lentamente, os corpos colados, o calor aumentando e eles esqueceram do frio, dançaram ainda mais duas músicas. Ela cansou, soltou-se do seu abraço, pediu para ele ir embora porque já estava tarde e ela precisava acordar cedo no dia seguinte para trabalhar. Ele lhe obedeceu, vestiu-se, mas, antes de ir embora, beijou-a na boca com voracidade, acabou mordendo a língua dela, ela zangou-se dando-lhe um tapa, ele apenas sorriu e foi embora.

Passado o momento de transe, Volúpia abre os olhos percebendo que já era quase a hora de ir embora e "G" não aparecera. Cansada da espera, pergunta ao amigo se na semana o bar ficava sempre vazio. Ele disse que não, quarta e sexta o movimento voltava ao normal. Na verdade, ela queria mesmo era especular em quais dias a perturbação da sua paz aparecia, porém seria dar bandeira demais fazer essa pergunta logo de cara. Com a curiosidade ainda mais aflorada, questionou o porquê de às quartas-feiras o ambiente ficar movimentado. O proprietário respondeu que isso se dava devido ao fato dos jogos de futebol serem transmitidos naquele dia. E ela respondeu: "Ah, okay, tudo bem! Então amanhã, se eu aparecer por aqui, não poderei ouvir música?". Ele responde: "Isso mesmo, a TV é ligada no volume máximo, o público-alvo é masculino e a bagunça tá feita, se você não quiser se aborrecer, é melhor evitar". "Obrigada por avisar, qualquer dia eu apareço novamente. Obrigada pela recepção, tchau, tchau". Deu um beijinho no rosto do amigo, apertou a mão e foi embora.

Dentro do carro, uma onda colérica invadiu seu bom humor. Amarrou o cabelo, tirou as sandálias, vociferou alguns palavrões, respirou fundo três vezes seguidas, ligou o motor, deu partida e falou: "Tem nada não, quinta-feira eu volto!".

Tarde da noite o trânsito morre, as ruas do centro ficam vazias e os semáforos são desrespeitados. Meia-noite já estava em casa. O ritual noturno já fora realizado, relaxava em sua cama, antes de dormir encaminhou uma mensagem para Desejo: "Boa noite Superboy, fique longe de Kryptonita! Como está sendo sua semana??? Bjs". Feito isso, programou o despertador, colocou-o na prateleira acima da cama, vendou os olhos e dormiu.

ACIMA DA MÉDIA

Volúpia foi acordada por um barulho estranho, parecia um ronco de motor. Por um instante achou que tinha dormido dentro do carro e agora a rua estava em movimento: como faria parar sair dali?

O ruído era insistente, foi abrindo os olhos devagar, demorou alguns instantes para que Volúpia recuperasse o senso de localização e conseguisse identificar de onde vinha o som que a estava incomodando. Era o seu celular que vibrava na prateleira acima da cama, olhou a tela, visualizou a foto do Superboy, estranhou o fato de ser acordada com uma mensagem dele no whatsapp. O nome dela poderia ser ansiedade e o sobrenome curiosidade. Clicou no ícone piscando na tela, abriu a mensagem: um GIF de um ponto de interrogação multicor, abaixo da conversa que ela iniciara na noite anterior antes de adormecer. Em seguida, ele enviou um áudio: "Bom dia! Desculpa se lhe acordei, hoje eu tenho aula o dia inteiro, por isso preciso acordar cedo, não entendi a frase: 'Cuidado com a Kryptonita', preciso sair agora. A noite estarei disponível, se quiser conversar, é só chamar. Bjs. Obs.: Gostei do Super-boy, só não sei o porquê". Ela só respondeu com carinhas: algumas sorrindo, outras beijando e algumas com corações no lugar dos olhos.

Esse bom-dia não foi suficiente para desanuviar a decepção que fora a noite passada. Não gostava de ter suas expectativas frustradas. Precisava mudar o foco dos pensamentos e ocupar a cabeça com outras coisas, não podia deixar dominar-se pelas lembranças do passado, também não valia a pena ficar ruminando sentimentos negativos pelo que não aconteceu. Hoje não iria ao Bar do Riso, mas, com certeza, amanhã ela passaria por lá.

Levantou-se, fez tudo o que precisava fazer, arrumou-se e saiu para trabalhar. Não fez nada além de seguir sua rotina, à exceção de que, na hora do almoço de hoje, teve a companhia dos colegas. Fizeram uma festa, contaram piadas, riram da cara uns dos outros, tomaram sorvetes e voltaram ao trabalho. Volúpia se demorou um pouco mais, precisava resolver alguns assuntos pessoais: ligou para o salão para agendar uma hora para depois de amanhã; em seguida, ligou para Aninha que não a atendeu, porém não se deu por vencida. Enviou uma mensagem, dizendo que à noite precisava falar com a amiga. Feito isso, pagou a conta, dirigiu-se ao escritório, concentrou-se no seu trabalho. Tamanha foi a dedicação que nem viu a tarde passar. Organizou a mesa, pegou as bolsas e foi embora.

· Hoje era dia da sessão de pilates, depois passou na lanchonete para comer alguma coisa e foi cedo para casa. Realizou esses hábitos de forma tão mecânica que mais parecia um robô programado para executar atividades corriqueiras. No caminho de volta para a casa, ligou o som do carro, ouviu sua checklist preferida: "Segredo", de Tatá Arrasa; "Luxúria", de Isabella Taviani; "Eu comi a Madonna", de Ana Carolina; "Sentidos", de Zélia Duncan. Aproveitou a parada em um sinal fechado, tirou o blazer, repetiu a música "Segredo". Em alguns minutos estaria em casa.

Estacionou o carro, tirou as sandálias. Mais uma vez caminhou descalça pela estradinha de pedra, adentrou na casa pela porta lateral que dava acesso à cozinha, colocou as bolsas em cima do balcão de mármore e as sandálias no chão. Dirigiu-se para a miniadega, conferiu se o estoque de vinhos precisava ser reabastecido, pegou uma garrafa, voltou para a cozinha, abriu o armário na parte de cima, procurou por uma taça, derramou vinho até a metade, cheirou, como fazem os enófilos, para ver se conseguia identificar a safra. Mas, como não era especialista, não chegou a conclusão alguma e riu dos seus devaneios. Levantou a taça ao alto simbolizando um brinde, bebeu um gole e foi para a sala.

Deixou o corpo cair na poltrona, estendeu as pernas sobre a mesa de centro, mais um gole de vinho, ligou para Aninha. Considerava Aninha a mais centrada do grupo, ela sempre a ouvia e a aconselhava quando necessário, tinham um respeito imenso uma pela outra. Os segredos eram sempre compartilhados em primeira mão por ambas. Não que Meg e Paty não fossem de sua confiança, as quatro se davam bem até demais. Acontece que Aninha era considerada a líder do grupo, ela era a responsável por mobilizar as reuniões do Clube da Loba. A última opinião era sempre a dela, nada acontecia se ela não fosse consultada antes.

Um toque, dois toques, só no terceiro toque que a amiga atendeu ao telefone, desculpou-se por não ter podido atender de manhã, pois estava em uma conferência e agora estava falando pelo Skype com o filho que mora em Boston. "Mas, enfim, o que aconteceu? Ou não aconteceu? O que eu posso fazer por você?". Esse era o diferencial da amiga: sua gentileza.

Volúpia deu boa-noite, desculpou-se pelo incômodo e disse que ligaria mais tarde quando terminasse de tomar banho. A amiga, já sabendo dos banhos demorados da outra, interrompeu-a e pediu para ela falar. Conversarem amenidades. A Loba desejava fazer um convite à amiga, mas temia ser repreendida por ela. Soltou de uma vez: "Eu quero lhe convidar para amanhã me acompanhar até ao Bar do Riso, por favor, não me julgue e nem me repreenda. Eu estou prestes a enlouquecer, não consigo tirar "G" da minha cabeça, preciso de um encontro com ele. Antes que eu me esqueça, não comente nada com Meg e Paty, ao menos por enquanto". Silêncio do outro lado da linha, a amiga respirou fundo e respondeu: "Independentemente do que eu diga ou faça, nada vai lhe impedir de ir atrás desse homem. Eu já lhe avisei uma vez, vou repetir: fique longe desse homem, se a mulher dele o deixou é porque ele não fez boa coisa. Não adianta mesmo apontar as razões para você, não vou gastar meu estoque de argumentos, depois não diga que eu não lhe avisei. Que horas pretende passar aqui?". Após a bronca, a conversa fluiu por mais uma hora, despediram-se e foram cuidar de suas vidas.

Volúpia foi até à cozinha, encheu a taça e foi para sua suíte tomar banho e se preparar para dormir. Colocou a taça sobre a pia, tirou a roupa jogando-a no cesto de roupa suja. Nua em frente ao espelho, passou alguns minutos a observar-se. Foi à pia e pingou sabonete líquido nas mãos. Voltou para o espelho, espalhou o sabonete pelos seios, começou a apalpar-se, apertar o bico dos seios, alisar embaixo, em cima, de lado e depois faz o mesmo procedimento nas axilas. Com a graça de Deus, não encontrou nada de anormal e agradeceu três vezes seguidas: "Obrigado, obrigado, obrigado"! Tomou mais um gole de vinho, entrou no box, ligou o chuveiro, deixando os primeiros pingos de água escorrerem. Com a água na temperatura ideal, entra de baixo do chuveiro e se entrega ao prazer do banho. Derrama sabonete líquido na esponja e massageia seu corpo. Coloca um pé na banqueta que sempre deixa no box para auxiliar-lhe na hora de esfregar o sabonete nas pernas. Troca de pé, alisa desde os dedos até chegar na altura da coxa, passando pelos joelhos e suas dobras.

Joga mais sabonete na esponja para ensaboar a parte superior das coxas com a precisão de um cirurgião, alisa vagarosamente as partes externas e internas das coxas. Com movimentos suaves e circulares, vai higienizar sua caverna. Mesmo com delicadeza, o atrito do toque da esponja no seu monte a deixa excitada. Ela inicia um vai e vem com uma mão, com a outra aperta o bico de um dos peitos até sentir uma pontinha de dor, dá um gemido, fecha os olhos e lembra-se de uma vez que fez amor com "G" no meio de um mato próximo à sua casa.

Ele a esperou chegar da faculdade, escondeu-se atrás de um poste fazendo campana, quando ela ia passando, ele esticou o braço e a puxou. Assustada ela já ia começar a gritar. Ele a abraçou e ela o reconheceu, imediatamente ela retribuiu o abraço e trocaram alguns beijos. Ela perguntou por que ele não a esperou chegar à casa. Ele respondeu: "Não, hoje eu quero te possuir no meio do mato, vou te fazer de minha fêmea, quero ter você na luz da lua!". Inicialmente, ela pensou em desistir, dizer não e ir para casa. Mas o tesão falou mais forte e saíram os dois de mãos dadas, andaram um pouco, quando chegaram em um local escuro, ele disse: "É aqui que os limites do sexo serão ultrapassados, você será minha e eu serei seu!". Abraçou-a com força e beijou sua boca.

No abraço ela tocava nele, alisava as costas dele. Ele fazia o mesmo, mais um beijo na boca e ela apertou a bunda dele, ele também apertou a bunda dela. Afastou-se dela e abriu o zíper da calça que ela estava usando. Ela tirou a camiseta dele, ele tirou a blusa dela. Ele a ajudou a descer a calça colada, depois tirou o short que usava e também a cueca. Abraçaram-se novamente, mais beijos na boca, a mão dele foi direto para a intimidade dela, alisou um pouco, enfiou um dedo por debaixo da calcinha e ficou alisando sua pele. Ela, mais ousada, com as duas mãos apertava a bunda dele, segurava com mais força, uma metade da bunda em cada mão. Sem pedir a ele, deslizou um dedo para dentro dele, ele nada disse, mas também não tirou. Só depois de algum tempo ele se soltou do abraço, virou-a de costas, beijou-lhe o pescoço e encostou seu membro quente e duro nas carnes dela que ainda estava de calcinha. Não teve paciência de desabotoar o sutiã, rasgou com toda força, depois se abaixou atrás dela, beijou as nádegas e mordia vagarosamente. Depois com toda calma ele deslizou a calcinha dela até chegar nos pés. Afastou uma perna dela, levantou e tirou a peça íntima.

Ambos nus, ele ajoelhou-se ainda atrás dela, beijou toda a bunda, mordeu e cheirou. Com as duas mãos, dividiu-a ao meio, começou a pincelar a língua no rego dela, alternando a velocidade dos movimentos entre rápido e devagar. Ela começou a gemer, gemer, até que não aguentou mais, que gozou com o toque da língua dele em seu rego.

Ele pôs-se de pé ainda atrás dela, abraçou-a e esfregava seu mastro nela, beijava-lhe o pescoço, mordia-lhe a orelha, sussurrava palavras ao ouvido. Ela tentava abraçá-lo por trás, gemendo com o toque de pele com pele. Ele pegou uma mão e começou a tocar a fenda dela, com o dedo polegar brincava com seu monte, depois introduziu o dedo indicador dentro dela, em seguida o dedo médio, com três dedos a explorarem sua gruta, ela só gemia e pedia mais. Quando viu que ela estava molhadinha, no ponto, ele se afastou, vestiu seu amiguinho, abraçando-a com força por trás. Ela gritou. Ele pediu para ter calma, não queria fazer mal algum. Sob o domínio dele, conseguiu relaxar. Com ela na posição de quatro, abraçava e beijava suas costas. Quando ela estava acostumada com a intensidade da pancada do falo dele em sua pelve, ele a mordia e ela parecia desmaiar. Quando ambos pareciam que iam desfalecer, a explosão aconteceu: gozaram juntos, ela gritou e ele urrou de tanto prazer que sentiu. Passaram alguns minutos abraçados, apoiados um no outro, até recobrarem as energias e poderem ir embora. Vestiram-se e saíram de mãos dadas. Só quando chegou em casa e foi tomar banho que Volúpia percebeu o estrago em suas costas, tinha sido literalmente comida por "G", as costas estavam cheias de marcas de mordidas. As marcas levaram alguns dias para sumirem, também levou semanas para ele aparecer novamente.

Em seu banheiro, a Loba abriu os olhos, viu que gozara de verdade, terminou o banho, saiu do box, secou o cabelo, escovou os dentes, salpicou as duas gotinhas de Chanel n.º 5, foi para o closet, vestiu a mesma camisola com que dormira na noite passada, deitou-se na cama, pegou o celular e resolveu puxar assunto com Desejo.

"Boa noite!", aguardou e não obteve resposta. Um vácuo era algo de que não gostava, em outra situação seria motivo para uma DR, como não era o caso, melhor seria dormir. Quando já tinha ligado o ar-condicionado, ligado as luzes azuis de LED para relaxar, ele respondeu: "Boa noite!".

— Tudo bem com você?

— Tudo e com você? Como foi o seu dia?

— Normal, sem nada de novo. Só trabalho e o seu?

— O meu foi tranquilo: aula manhã e noite, durante a tarde tive monitoria com os calouros no laboratório de som.

— Você faz faculdade de quê?

— Eu estudo Música, estou no 8° período. E você é formada em quê?

— Eu me formei em Administração, com mestrado em Marketing Empresarial.

— Você não é fraca, não! Fazendo o que agora?

— Acabei de tomar banho, estou deitada na cama pronta para dormir.

— Wow, eu também acabei de tomar banho, mas vou demorar ainda para dormir. Estou daquele jeito, quer ver?

— Nem pense nisso!

— Por quê? Você já viu, até pegou...

— Tudo é melhor ao vivo, pelo simples fato de eu já ter visto não quer dizer que eu precise ver foto para me lembrar.

— Desculpe, eu não quis incomodar! Vou me vestir aqui então.

— Tudo bem, você não incomoda. Ao contrário você assanha (risos).

Fez-se um silêncio: nem ele, nem ela puxava assunto. Quando ela já estava vendando os olhos, ele retomou a conversa.

— Não entendi Superboy, Kryptonita?

Ela explicou o acontecido no Bar do Riso e que, depois de analisar a foto dele no perfil, também o achou parecido. Ambos riram, o papo voltou a fluir.

— Me tire uma dúvida: você tem quanto de altura e pesa quantos kg? Qual o número do seu pé?

Ele não entendeu a importância daquelas perguntas, enviou uma carinha pensando, ela respondeu com três pontos de interrogação, em seguida ele respondeu: "1,70 cm, 80 kg, calçado n.º 42". Novamente o silêncio se instaurou no meio daquela conversa. Ele interrompeu mandado para ela três pontos de interrogação. Ela respondeu que estava fazendo uns cálculos e já falava com ele.

— Cálculos de quê? — Perguntou ele.

— Você está bem acima da média brasileira, raramente eu me engano. A minha dúvida é se você tem 20 ou 21 cm?

— Ham? O quê? Do que você está falando?

— De tamanho e espessura.

Ele riu e disse que nunca tinha medido, perguntou de onde ela tinha tirado essa fórmula. Ela respondeu que aprendeu com sua mentora no universo do sexo: Xaviera Hollander.

— Ata e qual é a média brasileira então?

— As pesquisas apontam que: 14 cm já é considerado normal, mas que a média dos brasileiros é de 17 cm, não sendo via de regra, pode ter menores ou maiores, vai depender da sorte de cada um.

— Sabia que você não ia me deixar na mão amigão — e sorriu.

A conversa continuou por mais alguns minutos, ele a questionou de quando poderia ser o próximo encontro deles. Ela respondeu que não sabia, poderia ser logo ou demorar. Só dependia do fantasma que ela precisava eliminar da vida dela. Despediram-se, ela programou o celular para despertar, vendou os olhos e dormiu.

O PLANO DE VOLÚPIA
NÃO DEU CERTO

O relógio biológico de Volúpia era de uma pontualidade britânica. Acordou às seis horas em ponto junto ao primeiro sinal sonoro do alarme do celular. Imediatamente desativou o aparelho, em seguida, esse vibrou na sua mão. Desejo envia-lhe uma carinha sorrindo com a legenda "bom dia!!!".

A Loba respondeu com um "BOM DIAAAAA!!!" em letras garrafais. Permaneceu deitada por mais alguns minutos, mentalmente desejou a si mesmo: "que seja doce e terno esse dia", esticou as pernas, os braços, alongou-se, bocejou para só depois levantar e deixar o aconchego do seu ninho. Com a garra de um atleta em dia de competição, arrumou-se para mais um dia de trabalho, estava sorridente, radiante, mais do que nos outros dias. Desempenhou suas atividades com esmero e a dedicação de sempre. No intervalo do almoço, enviou uma mensagem para Aninha: "Esteja pronta às nove horas da noite, buzinarei em frente à sua casa". Aproveitou ainda o tempo, ligou para o salão e confirmou a hora de sua depilação. Depois degustou uma xícara de café e retornou para finalizar sua jornada de trabalho.

Nada de atípico ocorreu naquele dia. Tudo estava ocorrendo como planejado: sair mais cedo para passar no salão, depois ir à academia e, para finalizar, a lanchonete de alimentos naturais. Pronto, era hora de desvencilhar os personagens: da profissional respeitada para a mulher sedutora e voraz, Volúpia cedia espaço para a Loba.

Dentro do carro, com os cabelos soltos, vidros abertos, som ligado, cantava a todo volume:

"Fui eu quem bebi, comi a madonna

Fui eu quem bebi, comi a madonna [...]".

(Ana Carolina)

Aproveitou a pausa que fez em um sinal fechado, procurou no porta-luvas um batom, achou um vermelho vivo, que, com certeza, não era dela. Talvez fosse de alguma das amigas que esquecera na última reunião do Clube da Loba. Não era sua cor preferida, mesmo assim passou em seus lábios, fez biquinho e soltou um beijo. Se ela gostasse de fotos e redes sociais, aquele seria um momento perfeito para fazer uma selfie. Arrematou o momento cantando o refrão de outra música da Ana Carolina:

"Eu gosto de homens e de mulheres

E você o que prefere?

E você o que prefere?

Eu gosto de homens e de mulheres

E você o que prefere?

E você o que prefere? [...]".

O que aconteceu em seguida foi pior do que fazer biquinho em redes sociais! O automóvel da Loba estava parado no meio de uma grande avenida, dividida em várias faixas, do lado direito estava um carro cheio de homens tarados, que fizeram um coro e gritaram: "Gostosa, vem pra cá!", além de fazerem gestos obscenos; do lado esquerdo, uma mulher esbravejava: "Piranha, vagabunda, oferecida..." entre outros impropérios. A causadora da confusão apenas sorriu, continuou a cantar e seguiu feliz.

Chegando à casa, o banho foi sem demoras, mais rápido ainda foi a agilidade com a qual se arrumou. No corpo borrifou gotas de 212 Sexy, prendeu o cabelo em um rabo de cavalo, vestiu um short preto na altura da coxa combinando com uma camiseta de seda na cor marfim e sapatilhas pretas. Por baixo vestia um delicado conjunto de lingerie preta com rendas e bordado com strass. A calcinha era um fio dental em que se destacava na frente um minúsculo laço de cetim, o sutiã era de bojo no formato meia taça sem alças. Escolheu uma roupa casual e foi ao encontro de sua sorte. Ao entrar no carro, antes de dar partida, olhou-se no retrovisor, passou novamente o batom vermelho, conferiu se estava tudo em ordem, agradeceu três vezes seguidas: "Obrigado, obrigado, obrigado!". Olhou que horas eram, em dez minutos estaria na casa de Aninha.

Buzinou apenas uma vez e a amiga veio ao seu encontro. Como não era vaidosa, Aninha veio de sandália rasteira, short na altura do joelho e blusão solto de malha. A Loba não gostou muito do que viu e conteve a vontade de perguntar: "Você vem ou vai caminhar no Calça-dão?", entretanto, conteve-se, preferindo fingir que não havia notado o mal gosto em se vestir da amiga, já que fora uma vitória conseguir que ela a acompanhasse naquela noite. Por outro lado, Aninha deixou claro que não estava afim de ir e principalmente porque sua amiga estava prestes a cometer mais uma de suas loucuras. Dentro do automóvel, Aninha fez um comentário irônico: "Eita, que ela está é com vontade de incomodar, se eu adivinhasse que você desejava competir um ponto na avenida, não teria vindo com você!", e riu sarcasticamente. Não perdia a oportunidade de vez ou outra criticar a amiga que apenas sorria com indiferença.

O clima entre as duas não era muito amistoso. Aninha queria fazer tudo para ir embora logo dali, Volúpia rezava em silêncio para que "G" aparecesse e eles pudessem conversar. Quando chegaram ao bar, escolheram uma mesa no calçadão em frente à porta de entrada para que pudessem ter a visão de quem entrava ou saía. O garçom veio prontamente atendê-las, até porque o movimento estava fraco, não havendo previsão de que aumentasse. Escolheram água de coco para beberem e filé de frango para beliscarem enquanto estivessem por ali.

A Loba não escondia a ansiedade, olhava para porta principal e para o celular em sua mão. De instante em instante olhava a hora que passava rapidamente. Aninha, percebendo o desconforto da amiga, amenizou e não a criticou mais, tentou falar de seu projeto futuro para ver se a amiga relaxava e acalmava seus nervos, mas tudo que conseguiu foi fazer um monólogo sem receber aplausos.

Volúpia parecia que estava desligada, só tinha atenção e olhos para a entrada do Bar do Riso, nem percebeu que o celular vibrou em sua mão com a chegada de uma mensagem de Desejo. A amiga foi quem lhe mostrou e questionou quando a Loba fez menção de não visualizar a mensagem recebida: "Ah meu Deus, a pessoa tem tudo nas mãos e fica correndo atrás de fantasmas. Sei não, vou te contar!". Ela apenas respondeu: "Amanhã falo com ele, hoje o plano é outro". Após esse pequeno incidente, o silêncio entre ambas reinou por cerca de dez minutos. Aninha fixou sua atenção em seu tablet. Volúpia, atenta à porta, parecia a guardiã do portal zelando pela paz e bem-estar de todos. Quando deu um pequeno grito e colocou a mão na boca, a amiga olhou assustada procurando saber o que estava acontecendo.

"Não acredito... Não acredito no que estou vendo!".

Aninha sem saber do que se tratava, apenas acompanhava a pequena interpretação da amiga, seguiu o olhar e avistou no balcão do bar um jovem de costas, usando uma bermuda jeans, camiseta e tênis. Ficaram observando a movimentação dentro do ambiente, Aninha olhava sem saber do que se tratava, Volúpia não desejava ser vista por ele. Foi só quando ele virou de frente para elas que a revelação aconteceu.

"Ei, aquele rapaz não é o Superboy?", comentou a amiga com um ar feliz: "Finalmente algo de bom acontece essa noite. Você não vai fazer nada?". "O que você quer que eu faça?". Nem precisou elas se manifestarem, ele foi até a mesa onde estavam as damas e as cumprimentou: "Boa noite! Que surpresa encontrar lindas mulheres por aqui". Aninha tomou a frente de Volúpia, apresentou-se e o convidou para sentar-se com elas. Ele aceitou, mas disse: "Vou sentar com vocês só por alguns minutos, moro aqui próximo, vim só comprar cigarros, amanhã preciso acordar cedo". A Loba parecia incrédula, ou estava rezando pouco ou estava passando por um inferno astral, desejava um e acabara encontrando outro. Agora a preocupação maior era que ele falasse alguma coisa sobre o encontro deles.

Só depois refazer-se do pequeno susto foi que Volúpia começou a falar: "Boa noite. Muito bom encontrá-lo por aqui. Viemos aqui hoje só porque Aninha me convidou, ela precisa pensar sobre um novo projeto que deseja executar e eu vim acompanhá-la". Aninha olhou de rabo de olho para a amiga, sentindo vontade de comer o fígado dela, porém conteve-se e concordou com a desculpa esfarrapada e a mentira da outra.

"E que projeto é esse, pode-se saber?", perguntou o rapaz. "Ainda não estou bem certa. Por ora a única coisa que tenho em mente é escrever um livro sobre sexualidade. Não quero mais publicar artigos científicos em periódicos acadêmicos, desejo alçar novos voos e atingir um público diferenciado, queria escrever um romance". "Interessante", complementou o rapaz. Volúpia não participava da conversa, apenas observava. Já dava a noite por encerrada, mudara o foco de visão e agora examinava atentamente os detalhes do corpo de Desejo. Ela tinha um fetiche grande por: mãos e panturrilhas torneadas, teve de admitir que as pernas do rapaz eram muito bonitas.

Para criar um clima entre o casal, Aninha perguntou: "Desculpa, posso lhe chamar de Superboy também? Você tem algum compromisso para amanhã? Podíamos combinar um home filme para amanhã, estou com uma seleção ótima. Pode ser na minha casa ou na casa de um de vocês dois, o que acha, Volúpia?". A Loba engoliu em seco, olhou para a alcoviteira com a cara ruim e essa apenas piscou de volta. "Por mim, tudo bem, pode ser na minha casa". O rapaz mostrou-se interessado e entrou no clima: "Claro que pode me chamar de Superboy, apesar de que me considero um fracote, sem algum poder especial. Mas, mudando de assunto, qual seria a indicação de filme para amanhã?".

"Eu indico *A garota dinamarquesa*, é um filme sensível, com uma abordagem delicada sobre sexualidade. Acredito que será do gosto de todos". Desejo empolgou-se com a ideia e comentou: "Poxa, eu queria muito ver esse filme, li apenas a sinopse no Google e me encantei, ainda não tive foi oportunidade de assistir. Deixa ver se eu me lembro do que se trata".

"Na Copenhague de 1926, os artistas Einar e Gerda Wegener se casam. Gerda então decide vestir Einar de mulher para pintá-lo. Einar começa a mudar sua aparência, transformando-se em uma mulher, e passa a se chamar de Lili Elbe. Com o apoio, ainda que conturbado, da esposa, um Einar deprimido passa por uma das primeiras cirurgias de mudança de sexo da história para tentar se transformar por completo em Lili e recuperar o gosto pela vida".[3]

Essa não era a intenção de Volúpia, ela pretendia convidar o Lolito para conhecer sua casa em outro momento com outra abordagem, esperava antes ter um acerto de contas com "G". Infelizmente a situação fugira do seu controle graças à ajuda intrometida de Aninha. Agora era tarde para desconvidar o garoto. Para não parecer forçada, comentou: "Ah, é mesmo, Aninha já me falara desse filme outras vezes e eu também ainda não assisti. Fica combinado amanhã lá em casa, às 20:00 horas. Falto à academia, mas não tem problemas. Eu lhe mando o endereço depois, Superboy". O rapaz agradeceu pelo convite, despediu-se das duas, apertou a mão de Aninha e deu um beijinho em seu rosto, fez o mesmo com Volúpia, apertou sua mão, só que, na hora do beijo no rosto, tentou beijar sua boca, o que a Loba não permitiu, virando o rosto. O menino ficou sem graça e foi embora.

Ficando apenas as duas amigas, o clima tenso voltou e também os comentários maliciosos. "Por que você não o convidou para sua casa? Quer o contato dele? Limpa aí essa baba!", foi o que Volúpia disse a Aninha, que apenas sorriu e respondeu: "Você ainda vai me agradecer!".

---

[3] Obs.: resumo copiado do site: http://www.adorocinema.com/filmes/filme-140552/.

Depois olharam uma para outra, abraçaram-se e decidiram ir embora. A noite já trouxera bastantes surpresas, mais uma vez "G" não apareceu. No caminho de volta, Aninha comentou com Volúpia: "Você está com ciúmes de mim com aquele ninfeto? Eu bem vi você secando ele com os olhos, digo mais, ele tem umas pernas, aliás todo o corpo é bonito!". Volúpia riu alto e comentou: "Você não sabe da missa a metade, a Loba está a solta, depois conto para você os detalhes de uma noite... Ai, ai, ai", suspirou e logo estavam na casa de Aninha: "Pronto, entrega feita, até amanhã às vintes horas no Cafofo da Loba, combinado?". "Combinado, faço questão de ser a madrinha dessa união, beijos".

Bateu a porta do carro. Antes de entrar em casa, repetiu: "Você ainda vai me agradecer". A Loba buzinou e foi embora...

NO CAFOFO DA LOBA

Mais um dia iniciava-se na vida de Volúpia, mais uma semana findava-se. Ao acordar antes do despertador, a Loba permaneceu na cama por alguns minutos, estava sentindo-se cansada e indisposta.

A noite fora insone para ela: imagens e acontecimentos aleatórios pairavam em sua mente. Ela não conseguia fazer uma conexão com o que vira em sonho — ou não será um pesadelo? Vislumbre de um G mais jovem que estava sempre a persegui-la, unia-se a um G mais velho, maltrapilho, que a amarrava. Ela apenas gritava, avistando ao longe Superboy que desaparecia lentamente, enquanto G a sufocava em seus braços.

Acordou várias vezes durante a noite, tinha a garganta seca, o corpo molhado de suor. Desceu até a cozinha e preparou um chá de erva-cidreira. Enquanto esperava a água ferver, recordou das últimas palavras que Aninha lhe falara na hora de despedirem-se: "Você ainda vai me agradecer...". O que essas palavras teriam a ver com o sonho ruim envolvendo G? Pensou em mandar uma mensagem para a amiga, mas já estava tarde para conversar e cedo demais para acordar alguém. Melhor seria deixar para esclarecer esse assunto pessoalmente. Bebeu o chá ainda quente, tinha o coração agitado, as mãos trêmulas. Colocou a xícara e a chaleira na pia, parou em pé à frente dessa, pôs-se a observar através dos basculantes os primeiros raios solares que surgiam no horizonte. Conseguiu acalmar-se com a imagem, praticou os exercícios respiratórios que aprendera nas sessões de pilates. Mais relaxada, volta para a cama e mesmo assim não conseguiu mais dormir.

Deitada em sua cama, fez uma anotação mental, planejou como seria a sessão de homecine em sua casa. Encomendaria, no buffet, canapés de frutos do mar, uma garrafa de Prosecco e uma torta de limão com recheio de chocolate para saborearem com café após o filme. Lembrou que precisava mandar o endereço de sua residência para Desejo. Digitou e, quando ia clicar para enviar, desistiu. Pensou que ele poderia achar que ela estava ansiosa para vê-lo e que ele poderia começar a fazer cobranças ou querer mandar nela. Enviaria o endereço só no fim da tarde. Se ele questionasse antes, poderia simular um breve esquecimento.

Os olhos começaram a pesar, o coração a palpitar mais devagar, a respiração normalizou e suas mãos não tremiam mais. Adormeceu pelo tempo de cinquenta minutos, que foi o suficiente para que ela pudesse relaxar um pouco antes de sair para trabalhar.

No intervalo do almoço, liga para o buffet e faz sua encomenda, liga também para Aninha mesmo sabendo que nesse horário a amiga nunca atende. Toma um café, pede um analgésico para aliviar a dor de cabeça que está sentindo devido à noite mal dormida pela qual passara. Rememora lentamente flashes do sonho ruim: "As duas imagens de G se unem e a sufocam, prendendo seu corpo com um abraço, Superboy apenas observa de longe enquanto sua imagem desaparece...". Após engolir o comprimido, vai até ao banheiro, lava o rosto e vai embora.

Decide encerrar sua carga horária antes do horário, porque não estava sentindo-se bem. Desliga o notebook, abre as gavetas, mas não tem ânimo para organizá-las, retira as sandálias e o blazer, afrouxa os botões da blusa, deita-se no imenso sofá de couro marrom que fica no mezanino. Ali ela dorme e os pesadelos não a incomodam.

Passaram-se duas horas, ela é acordada com o toque do celular. Ouve o som longe tentando distinguir de onde vem o barulho. Com os olhos entreabertos, olha ao redor para se localizar. Percebe que não está em casa e sim no seu escritório, o celular continua tocando insistente em cima da sua mesa na sala ao lado, ela grita: "Já vai, já vai!", como se isso fizesse ele parar de tocar. Quando consegue alcançá-lo, ele realmente se cala. Olha no visor duas chamadas perdidas: uma do Desejo e outra de Aninha, na dúvida de qual retornar primeiro, escolhe fazer isso no caminho de volta para casa. Calça suas sandálias, abotoa os botões da blusa. Confere se está tudo em ordem na sala, procura suas bolsas e vai embora.

Dentro do carro, enquanto fazia o trajeto de volta para casa, liga primeiro para Aninha, que não atende, dando apenas caixa postal, para variar. Seguidamente, grava um áudio para Desejo: "Oi, Superboy, boa tarde, quase noite! Desculpa não ter lhe atendido mais cedo, hoje eu estou meio indisposta, não tive uma boa noite de sono, acabei esquecendo de lhe enviar o endereço de minha casa. Creio que não seria problema para vocês, super-heróis, devem vir equipados com GPS e visão ultraperiférica (risos). Desculpe a brincadeira, meu endereço é: Avenida Afrânio de Melo Franco, n.º 601, Leblon, Condomínio da Paz, você vai conseguir se localizar rapidinho, qualquer coisa me ligue. Beijos".

Chegou à casa cedo, organizou a sala de vídeo, ligou o ar-condicionado, conferiu se o home theater estava funcionado direito, recebeu a entrega do buffet, verificou a temperatura do Prosecco, organizou as taças e o aparelho de chá. Preferiu servir na cozinha mesmo para criar um clima mais intimista, fazendo, com isso, com que Desejo ficasse mais à vontade.

Com tudo em ordem, subiu para tomar banho e se arrumar. O banho não foi tão demorado como Volúpia gosta, passou pouco tempo embaixo do chuveiro, compensou a falta besuntando-se de óleo corporal de "cupuaçu", prendeu o cabelo em um coque, passou um batom nude nos lábios. Saiu do banheiro e foi para o closet, lá escolheu uma calçola preta com detalhes de renda e um Dashiki (veste africana) com estampas amarelas e douradas. Para calçar, uma sandália rasteira na cor preta. Mais confortável impossível. Optou por não usar sutiã, não queria nada lhe prendendo aquela noite, que para ela seria apenas um encontro casual entre amigos sem segundas intenções. Olhou-se no espelho, gostou do resultado. Desceu para o andar de baixo.

Conferiu a hora, faltavam vinte minutos para as oito horas e nem um sinal de seus convidados. Ligou o som, colocou sua música favorita para ouvir: "Segredo", de Tatá Arrasa. Não deu tempo nem de sentar e o telefone toca, era o chefe de segurança do condomínio informando que havia um rapaz procurando por ela na guarita. Ela autorizou a entrada e foi ao seu encontro. No caminho, recebe um áudio de Aninha: "Mil desculpas, mas não poderei ir. Aconteceu um imprevisto e eu preciso resolver ainda hoje. Aproveite o lindo filme, curta a noite, não esqueça: 'você ainda vai me agradecer', beijos e boa noite". A Loba parou indecisa no meio do caminho sem saber se voltava para casa ou continuava: o que diria para Desejo caso desistisse? A sorte estava lançada, olhou para o céu e falou três vezes em seguida: "Obrigado, obrigado, obrigado". Abriu o portão, mandou o convidado entrar.

Trocaram abraços e beijos no rosto. Ela falou: "Fique à vontade e não repare na modéstia da casa, é simples, porém aconchegante".

Pegou na mão dele e o conduziu pela estradinha de pedra até chegarem à casa. Ao entrar na sala, ela explicou que Aninha havia tido um contratempo, por isso não viria, sendo assim apenas os dois assistiriam ao filme. Só dentro de casa que ela prestou atenção em como seu aspirante a amante estava sexy. Vestia uma bermuda de moletom, camiseta, tênis e boné. Seus olhos foram direto em direção às panturrilhas torneadas do moçoilo, olhou tão fixamente que o rapaz ficou desconfiado e perguntou: "O que foi, você não está gostando de me ver aqui?". Ela percebeu que estava sendo invasiva e desculpou-se. Para descontrair, sugeriu um brinde de boas-vindas. Foi até a cozinha, pegou as taças e a garrafa de Prosecco, retornou para a sala, encheu as taças e brindaram. "Podemos começar a assistir ao filme então?", ele perguntou.

Ela recolheu as taças e colocou na grande mesa da sala de jantar, pegou o moço pela mão e indicou o sofá de veludo vermelho vinho pare ele sentar. Ligou a TV e o home theater, programou o filme e sentou-se ao lado dele. Ele pegou a mão dela e segurou, ela apoiou a cabeça no ombro dele e o filme começou.

Desejo, com uma mão segurava e acariciava uma das mãos de Volúpia, com a outra mão o cavalheiro alisava o rosto da dama. Prendia atrás da orelha uma mecha de cabelo que se soltara do coque, rebeldemente queria ficar solta. Entre uma cena e outra, ele queria falar, comentar e/ou discutir o desenrolar da trama, ela apenas fazia sinal para que ele se calasse. Antes do final, a Loba começou a chorar, um choro contido, uma lágrima solitária que foi aumentando até se transformar em uma cascata e o rapaz preocupou-se. "O que foi que aconteceu, por que você está chorando assim?". Ela não respondia, apenas continuava chorando. Ele a abraçou fortemente, recostou a cabeça dela no peito dele e a tranquilizou: "Calma, calma, vai ficar tudo bem. Eu estou aqui com você". O choro foi amenizando lentamente. Com a situação sobre controle e o choro estancando-se, ele perguntou a ela se na casa havia alguma erva calmante e se ela queria um chá.

Volúpia acompanhou o rapagão até a cozinha, mostrou-lhe onde estavam os utensílios a serem utilizado. Ele pediu para ela sentar enquanto o chá era preparado. Procurou ervas, mas preferiu fazer uma bebida diferente para sua rainha, um calmante natural que ele fazia sempre para a mãe dele. Chá do talo da alface, era a primeira vez que ela provava aquele chá — também desconhecia as propriedades terapêuticas da verdura. Ele preparou o suficiente para os dois, sentou-se à mesa junto dela e a acompanhou naquele chá. Quando terminaram de beber, eles voltaram para a sala, ele sentou-se no mesmo local de antes e ela deitou-se em posição fetal ao lado dele com a cabeça em suas pernas. Ficaram em silêncio, ele respeitou a vontade dela, nada perguntou. Apenas alisava sua cabeça, o silêncio foi quebrado por ele após algum tempo. Ele perguntou se por ali era fácil pegar uber, porque ele tinha vindo de metrô e àquelas horas as estações já estavam fechadas. Por ele, dormiria com ela para ter certeza que ela estava bem. Porém, não podia porque não avisara em casa e ligar naquele horário seria pior. Ele era o mais novo de uma família de três irmãos. Seus irmãos moravam fora com suas famílias, os pais eram separados. Sua mãe sofria de transtorno bipolar e vivia à base de sedativos, ele fazia de tudo para evitar que qualquer razão a incomodasse.

Comovida com a dura realidade de seu pupilo, ela se ofereceu para deixá-lo em casa, que não seria incomodo algum e que em outros momentos ele a recompensaria. Dito isso, levantou-se, foi até ao banheiro social, lavou o rosto e, como gratidão pelos bons cuidados, foi deixar o moço em casa. No caminho, nada conversaram. Ele ousadamente encostou a mão dele na perna dela. Ela não reclamou, olhava para ele carinhosamente e esboçava um sorriso. Ao chegar na porta da casa dele, antes de sair eles trocaram um beijo rápido, ela esperou ele entrar em casa e foi embora. A carona foi providencial. Ela aproveitou que estava próxima ao Bar do Riso e passou em frente, na tentativa de encontrar G. Deu mais duas voltas no quarteirão, nada encontrou. Deu-se por vencida e foi embora.

Dessa vez a noite foi tranquila, dormiu como um anjo. Só acordou ao meio-dia porque Aninha estava ligando para ela. A amiga queria saber como foi a noite anterior, se ela tinha abatido o franguinho, queria detalhes. Volúpia pediu para a amiga retornar a ligação em uma hora, ela precisava tomar banho, fazer sua higiene pessoal e preparar algo para comer, foi então que a outra sugeriu que almoçassem juntas, o acordo foi aceito sem delongas.

Encontraram-se no local combinado, Volúpia estava com uma aparência boa, a amiga aproveitou a oportunidade e já foi insinuando algo: "O sorriso e a pele de quem faz ousadia é conhecida, me conta, como foi a noite?". A Loba esboçou um sorriso sem graça e comentou: "Não foi. Como você queria que eu ficasse depois de um filme daquele?".

Foi então que ela narrou o ocorrido. Aninha, como boa ouvinte que era, prestou atenção a todos os detalhes. Ao final da fala da amiga, perguntou: "Você quer ouvir a psicóloga ou a sua confidente?", e depois sorriu. Ela falou em poucas palavras que o acontecido não era motivo de internação, foi uma reação natural do corpo devido a ela ter passado por alguma situação de estresse nesses dias.

Almoçaram, conversaram sobre outros assuntos e combinaram o encontro do Clube da Loba para logo mais à noite. Ficou decidido que não iriam ao Bar do Riso, a Paty iria cantar à noite em um PUB e elas poderiam fazer uma surpresa para a amiga. Acertaram horários, local para se encontrarem e tudo mais. Tomaram um café e depois foram embora.

Volúpia aproveitou o finalzinho da tarde para descansar, dormiu mais um pouco, depois partiu para a sua sessão de terapia: a hora do banho. Não contabilizou o tempo que passou debaixo do chuveiro, mas presume que tenha ultrapassado uma hora. Fez escova no cabelo, dessa vez passou base e pó no rosto, batom cor de boca, rímel nos olhos. O perfume escolhido para a noite foi: 1 Million, borrifou atrás dos joelhos, pulsos, dobras dos braços e um pouco no colo. Quando sentiu que já estava bem cheirosa, foi para o closet.

Para vestir, escolheu um macacão preto com um decote provocante e as costas nuas, sapato preto salto 15, bolsa dourada e bracelete dourado. Por baixo vestiu um conjunto de lingerie branco com detalhes pretos. Olhou-se no espelho, achou-se divina e saiu para o encontro do Clube da Loba.

Foi uma surpresa e tanto para Paty que não esperava que as amigas fossem lhe prestigiar. Chegaram antes do show começar. Fizeram selfies e check-in para dar apoio moral à artista. Sentaram-se numa mesa em frente ao palco para curtir a noite. A cantora começou um pouco tímida, mas na segunda música já estava mais solta. O repertório era formado por canções das divas: Ana Carolina, Isabella Taviani, Adriana Calcanhoto, Marisa Monte, além de composições inéditas de sua autoria e também de outros.

"Estão gostando do show? Agora eu vou cantar para vocês um presente que eu ganhei de um compositor novato: Tatá Arrasa, ele ainda não é famoso. Mas logo vai ser. Com vocês: 'Coração leviano'".

"Ah, coração leviano
Deixa de ser sacana
Causando sempre engano
E depois me apaixona

Então fico eu
Gritando calado
Chorando abafado
Rindo disfarçado
Por não ser amado

Coração leviano
Deixa de pranto
E não sofre tanto
Por ser leviano

Eu tenho essa mania
De confundir olhar e sorriso
E sempre me entregar à magia
Vivo sonhando com o alívio
De não ser só um bom dia"
(Tatá Arrasa)

Após terminar de cantar, a artista não conteve a emoção, o público a aplaudia de pé e pedia bis. Atendendo aos pedidos, a música foi cantada uma segunda vez, novamente a estrela foi ovacionada pelos presentes que até fizeram coro no refrão. Esse era um indício de que a canção já era um sucesso.

A estrela interpretou mais duas músicas, encerrou o show, tirou fotos com seus novos fãs, guardou seu violão e juntou-se às amigas para comemorar a apresentação. Brindaram com champagne, tiraram novas fotos, conversaram bastante e, no meio da conversa, Aninha teve um insight: elas poderiam almoçar juntas na manhã seguinte.

Há tempos que elas não frequentavam o clube no domingo. Sugestão aceita, combinaram a hora do encontro, conversaram um pouco mais e foram embora — a noite já estava bastante adiantada.

VOLÚPIA E AS DÚVIDAS

No caminho de volta para a casa, Volúpia lembrou-se que passara o dia sem notícias de Desejo, cansou de bancar a difícil e mandou um "oi" para o candidato a futuro amante. Também porque ela, ao tomar conhecimento da sofrida vida do rapaz, preocupou-se em saber se tudo estava bem com ele.

Dentro do carro, gravou um pequeno vídeo: "Oi, menino sumido, está tudo bem com você? Se você sumir eu lhe acho. Beijos e fique bem". Enviou a videomensagem, desligou o celular e já estava em casa. Caminhou pela estrada da pedra, parou em frente à piscina e contemplou o reflexo da lua na água. Olhou para o céu e falou: "Obrigado, obrigado, obrigado", entrou em casa, subiu as escadas, adentrou na confortável suíte: despiu-se, um rápido banho, procurou por seu companheiro de todas as noites, o Chanel n.º 05, borrifou no colo duas gotinhas, esperou evaporarem no calor de sua pele. Vestiu uma calçola de algodão e nada mais, deitou-se na espaçosa cama, vendou os olhos e adormeceu.

Acordou antes das dez horas da manhã, tomou um banho para despertar o corpo, vestiu logo a roupa que usaria para ir almoçar no clube. Escolheu uma roupa leve e fresca, não tomaria banho de piscina mesmo assim, vestiu o biquíni. Um conjunto de calcinha e sutiã na cor laranja com detalhes brancos, um short curto de tactel cinza que combinaria com a parte de cima do conjunto de banho. Para arrematar, vestiu uma bata azul clara feita de crochê, para realçar as curvas e o contorno do seu corpo. Calçou uma sandália de dedos, separou uma bolsa de praia para levar seus apetrechos: fone de ouvidos, documentos, carteira, celular, tablet, protetor solar, escova de cabelo, batom e quase a casa toda. Desceu e foi para a cozinha preparar o seu café da manhã.

Leite de soja, torradas com pasta de amendoim, frutas, iogurte natural com cereais e um copo de suco de laranja: foi a sua refeição. Organizou e lavou a pouca louça que sujou. Olhou para o grande relógio no meio da parede branca de sua cozinha, viu que ainda tinha uma hora para encontrar as amigas. Guardou os utensílios em seus devidos lugares, caminhou para sua sala de estudo, acabara de ter um insight: "stalkear a vida online de G".

Ligou o notebook, sentou-se à mesa de madeira com textura de mármore, aguardou o computador iniciar e, quando a janela do Google se abriu, ela não sabia por onde começar a pesquisa. Permaneceu imóvel diante da tela, nada digitava, pensou, forçou o cérebro a raciocinar, lembrou-se do nome dele de solteiro e pahhh... Localizou um perfil dele no Facebook que há tempos não era atualizado. Não era isso que ela buscava, continuou seu trabalho de pesquisa, fez associações com alguns amigos, nada encontrava. Até que ela lembrou do dono do Bar do Riso, G era cliente certeiro do estabelecimento, digitou o nome do proprietário e foi procurar na sua lista de amigos. Trabalho fácil, eram só cinco mil pessoas listadas. Rola o cursor do mouse janela abaixo, desce, perde a paciência, assopra, quando já estava desistindo: BINGO, dois perfis surgem ao final da imensa lista. Em um, ele está casado, com várias fotos com a mulher e a filha recém-nascida, provavelmente era a esposa que administrava aquela página. Fecha e clica na segunda opção, esse é mais recente, porém não tem atualização, nada que possa facilitar o encontro dos dois. Desiste, contrariada, segue para o encontro com as amigas.

A busca online por G levou mais tempo que o planejado, Volúpia acabou chegando atrasada para o almoço. No estacionamento lotado, ela não encontra vaga para estacionar o carro. Dá uma volta pelo pátio para ver se alguém vai embora e surge um espaço. Com dificuldade, ela encontra uma brecha no final do terreno, faz a manobra cuidadosamente, pega seus apetrechos, desce do carro, aciona o controle para travar as portas. Quando está conferindo se as portas realmente estão fechadas, uma sensação ruim toma conta do seu corpo, sente calafrios, um aperto no peito. Quando ela se vira e faz menção de sair dali, o passado se personifica na sua frente. Ela tem ânsia de vômito, vontade de chorar, o aperto do coração sobe por sua garganta. Ela tenta caminhar, mas suas pernas não lhe obedecem, cada uma parece pesar cem kg, a voz some, a vista escurece e ela pensa que vai desmaiar.

A Loba acredita viver seu "inferno astral" ou que as forças do além estão testando a segurança e a confiança dela. O passado está voltando para cobrá-la ou ensiná-la alguma coisa. Enquanto ela procura desesperadamente por G, tentando reacender um fogo que a consome e a domina, ela foge de Hermes como o Diabo foge da Cruz. Agora ele estava ali na frente dela, acompanhado da mulher e do filho barrando sua passagem. Ele estendeu a mão para ela, cumprimentando-a. Sem saber o que fazer, apenas acenou com a cabeça, procurou se desvencilhar daquela situação incômoda o mais rápido possível, atribuiu a culpa do dissabor daquele encontro a G: se ele não fosse tão difícil, teria saído de casa mais cedo e não se atrasaria.

Encontrou as amigas sorridentes, tomando cerveja com a desculpa de que era para esfriar o calor. Volúpia parecia assustada, desconcertada. Desejou um bom dia, pediu uma água de coco. Aninha perguntou se ela estava bem, se tinha visto um fantasma. A amiga nada respondeu, deu um sorriso amarelo em resposta. Pediram o almoço e a rotina alimentar de Volúpia quebrou-se, comeram churrasco à vontade, sem culpas. A Loba evitou os excessos, não bebeu cerveja, permaneceu na água de coco. Passaram toda a tarde entregues ao hedonismo, beberam, fumaram e cantaram bastante. Volúpia mantinha-se retraída, tinha medo de Hermes aparecer novamente, por isso mantinha-se em estado de alerta. Agradeceu a Deus quando as amigas anunciaram a hora de ir embora, por ela teria saído mais cedo, o que seria pior. As amigas não entenderiam seus motivos e a julgariam por toda a eternidade.

Despediram-se e foram embora, cada uma em seu possante, cada uma com seus dramas, suas inquietações e peculiaridades. Aninha com certeza ainda conversaria com seu filho; Meg e Paty certamente fariam amor e decidiriam no par ou ímpar para ver em qual casa dormiriam. Quanto à Volúpia, restara o quê? Solidão, cama vazia, dúvidas, medos, frustrações... Ela ainda pensara em ir até ao Bar do Riso e mais uma vez procurar por G, mas a certeza de que deveria se manter longe de Hermes a mandou para casa, soterrando-a em vários questionamentos acerca do futuro em relação ao Desejo.

Chegando à casa, foi direto para o banho. Lavou-se, esfregou-se, observava o contato da água em seu corpo, ansiava que aquele ato não limpasse só sua pele, mas também levasse todo e qualquer resquício do que ela vivera ao lado de Hermes. Aquele homem foi o responsável por guiá-la no caminho do amor, foi ele quem a libertou do submundo de dominação no qual vivia até conhecê-lo. Mas também foi aquele resgatador que a abandonou, que feriu seus sentimentos, que roubou sua essência, fazendo com que ela passasse a viver fria e seca de romantismo. Depois dele, ela nunca mais se apaixonou por alguém. Toda perda traz algum aprendizado, a dor que maltrata é a mesma que ensina e fortalece. Ela blindara o coração, protegera os sentimentos, mas não conseguia controlar seu gás, era um vulcão sempre em erupção prestes a expelir lavas de fogo para todos os lados.

Após tomar banho, gotejou duas gotas do Chanel n.º 05, penteou os cabelos, vestiu uma camisola de seda, deitou-se em sua cama. Pegou o celular e clicou no site de composições inéditas: www.tataarrasa. com.br, queria ver o que o poeta havia escrito na última semana. Um poema chamou sua atenção:

"**Eu te procuro**
Eu passei um tempo só
Para poder me acostumar
Comigo mesmo
Para descobrir do que
Eu realmente gosto
Fiz amor comigo mesmo.

Hoje eu me amo muito mais
Me respeito muito mais
Agora eu já não sou mais infantil
A criança ingênua ficou para trás.
Espero a vida sorrir de peito aberto
Brinco com a lua e danço sem par
A solidão já não me acompanha
Eu não a quero por perto.

Meu coração se alegrou
Quando naquela festa
 Você por mim passou
Meus olhos te seguiram
E o seu perfume me embriagou
Não se afaste de mim

Eu quero de você me enamorar.

Tudo que em mim dormia
Despertou feito sol de verão
Eu já não tremia
Minha cabeça e meu coração
Não me obedecem
De você eles não esquecem...

Eu te procuro por todos os lugares
Te sigo nas redes sociais
Vou nos mesmos bares
e você não encontro mais

Se eu te encontrei em sonho
Não quero acordar
Só quero te amar
e com você namorar...
eu quero dormir e acordar no seu braço o abraço que me acalma
E me traz paz"
(Tatá Arrasa)

Ao terminar de ler o poema, os olhos lacrimejavam, releu e o choro foi inevitável. Ela viu-se descrita, traduzida, interpretada em cada palavra. Cada verso do poema parecia que tinha sido escrito por ela. Uma sensação de abandono invadiu sua tranquilidade, a mulher segura estava se sentido perturbada. Os pensamentos, a lembrança do sonho ruim envolvendo G e Desejo se acenderam em sua memória. Ela estava atraída por um envolvimento carnal do passado, estava insegura com a aproximação do Superboy, receava que ele repetisse as mesmas atitudes de Hermes, conquistasse seu coração, alimentasse seus sentimentos e depois a abandonasse como se ela não tivesse importância.

Foi com esse pavor que ela desistiu de mandar outra mensagem para Desejo, que ainda nem sequer tinha respondido a que ela enviara na noite anterior. Tomada por angústia, absorta em sua solidão, ela iniciou um monólogo: "É apenas mais um, nem comeu e já sumiu. Melhor que seja assim, sem entrega, sem ranço, sem cobrança. Deve estar com outra ou não será outro? Podia ao menos ser sincero e dizer que não estava afim. É isso que dá se envolver com criança...". Volúpia conversou com suas dúvidas por horas, não chegou a um consenso e acabou dormindo.

A TRISTEZA É CINZA

O dia amanhecera nublado, uma bruma densa envolvia o sol e tudo ao redor parecia cinza. Como se tivesse sido contagiada pela alteração climática, Volúpia não ouviu o alarme do despertador soando, acordou tarde, perdeu o horário.

Em seu semblante sorumbático, percebia-se que aquela mulher não estava bem. Mecanicamente arrumou-se para trabalhar, vestiu a primeira roupa que encontrou pela frente. Sem ânimo, sem apetite, apenas provou a comida e deixou o prato de lado. Olhou para o nada, lembrou do dia anterior, do momento que encontrou Hermes no clube, parecia um bom marido e um pai atencioso. Fechou os olhos, desejou com todas as forças do seu coração que ele fosse feliz, rezou uma prece: "Oh, Senhor Jesus, afasta de mim pensamentos rancorosos. Não permita que a maldade e o egoísmo façam morada em meu coração, afasta de mim todo o mal. Amém".

O toque do celular a despertou de seus devaneios, os olhos brilharam, um sorriso ainda que tímido surgiu em seus lábios e um pouco de cor preencheu aquele dia cinzento. Desejo acabara de enviar um áudio para ela: "Oi, minha rainha, amante amiga, estou com saudades de você. Desculpa pelo sumiço, por causar preocupação, depois que estive em sua residência as coisas em minha casa fugiram um pouco do rumo. Minha mãe surtou, tive que chamar o médico, eles vieram e a levaram para o hospital. Ela precisou ser sedada, permaneceu dois dias em observação. Mas, agora tudo está sob controle, já estamos em casa novamente. Um beijo, à noite falarei mais com você. Fique bem!". Ouvir a voz do Superboy foi como um alento para Volúpia, dissipando um pouco da tristeza que a consumia.

Tomou um café e retornou para o seu trabalho mesmo sem energia. Sua única vontade era que aquele dia findasse logo. Contava as horas, tinha a impressão que quanto mais ela pedia para os ponteiros correrem, mais eles se arrastavam. Sentiu-se mais energizada quando chegou a hora de ir embora. Não quis ir à academia, foi direto para a lanchonete e pediu um suco de Açaí: essa foi toda a sua alimentação. Bebeu o suco vagarosamente, como se o líquido virasse pedra na garganta. Pagou e foi embora.

Concentrada na direção, embebida em sua melancolia, mudou a trilha sonora, selecionou músicas antigas para ouvir. A primeira a ser selecionada foi a música: "I've never been to me" ("Eu nunca fui eu mesma"), da cantora Charlene:

"Ei moça, você moça

Amaldiçoando sua vida

Você é uma mãe descontente

E uma esposa dominada

Eu não tenho dúvida

Que você sonha com as coisas que nunca fará

Mas eu queria que alguém tivesse conversado comigo

Como eu quero conversar com você [...]"[4].

Ao chegar em casa, fez tudo diferente do que sempre fazia. Afinal, sua rotina estava bagunçada e ela nada podia fazer para corrigir, ao menos não naquele momento. Desceu do carro apressadamente, caminhou em passos largos pela estrada de pedra, entrou pela porta da frente indo direto para uma porta que ficava embaixo da escada. Parou à frente dela, segurou a maçaneta, não tinha certeza se queria mesmo entrar ali, olhou para trás, olhou para si mesma como se precisasse pedir permissão para atravessar aquele portal. Uma porta separava Volúpia de quem era ela e de quem fora, vacilou por alguns instantes, decidiu fazer a travessia. Afinal, o passado já a rondava por alguns dias, por que não enfrentá-lo?

Girou a maçaneta, olhou escada abaixo, indecisa se descia ou não o primeiro degrau. Apertou o interruptor ao lado do corrimão, suas pernas tremiam, tinha medo de que algum monstro a empurrasse, agarrou com toda força o corrimão de madeira e desceu devagar degrau por degrau. A madeira rangia com o peso, aumentando o seu pavor. No fim da escada, estancou e pôs-se a observar: há quanto tempo não entrava naquele aposento, por que ela fugia dela mesmo, o que poderia descobrir ali que pudesse libertá-la do passado? Correu os olhos pelas

---

4 Tradução: I'VE NEVER BEEN TO ME (TRADUÇÃO) - Charlene - LETRAS.MUS.BR

prateleiras: estantes, caixas e embrulhos etiquetados preenchiam os espaços. Brinquedos, Volúpia criança, livros e artigos da faculdade, fotografias. Ao lado de uma estante, avistou um quadro coberto por um tecido amarelado pelo tempo, passou o dedo pela poeira, assoprou o próprio dedo para eliminar o pó. Sua mão queria levantar o pano, mas seu coração começou a bater rapidamente e ela preferiu não descobrir, ainda não se sentia preparada para aquele encontro.

Ela sabia bem o que procurava ali, separou uma pequena caixa cuja etiqueta era: "história", pegou o que queria, já ia subir, parou ao pé da escada e olhou para trás: "Um dia eu volto, quando eu tiver coragem de olhar para mim mesma sem medo de me enxergar. Adeus". Seus olhos marejaram, ela subiu escada acima. Fechou a porta com toda força, como se pudesse impedir que a Volúpia do passado viesse acompanhada da Volúpia do presente. Foi direto para a sala de vídeo com a pequena caixa em baixo do braço.

Acendeu a luz da sala, ligou o som e o sincronizou com o celular para continuar a ouvir a mesma música que ouvira no carro, sentou no chão ao lado da poltrona vermelha de veludo, estirou as pernas, pegou a pequena caixa. Alisou a etiqueta, virou a caixa de todos os lados e lentamente começou a desfazer o nó do barbante que estava amarrado na caixa:

"Ei, você sabe o que é o paraíso?

É uma mentira

Uma fantasia que criamos sobre pessoas e lugares

Como nós gostaríamos que fossem

mas você sabe qual é a verdade? [...]"[5].

Como um rito de passagem, o nó foi desfeito, a caixa aberta e Pandora acabara de libertar o maior de todos os males, aquele que foi o responsável por sua derrocada e pelos anos de depressão que quase dizimaram a sua vida: retirou pouco a pouco o conteúdo da caixa: fotos, cartas e um diário coberto de couro. Segurou o grosso livro nas mãos, hesitou se deveria abrir ou não, agora já era tarde para encerrar aquela viagem ao passado. Abriu, chorou ao ler o título na primeira página: "História de um amor". Volúpia escreveu esse diário durante o

---

[5] Tradução: I'VE NEVER BEEN TO ME (TRADUÇÃO) - Charlene - LETRAS.MUS.BR

período em que esteve com Hermes. Com lágrimas nos olhos, virou para a segunda página:

"Da noite em que te esperei e vi:

O dia amanhecer, o sol chegar de mansinho, a noite se arrastar, a madrugada derramar o silêncio nos ponteiros do relógio que não param de correr de uma forma lenta e enfadonha, o frio que corria pela espinha, o desejo de estar contigo, a sensação de abandono, a dor da espera, o cansaço, a melancolia e as lembranças de tudo que um dia vivemos.

Pode ter sido a noite mais longa ou a última em que te espero. Das muitas noites em que te esperei, essa doeu mais. Pois havia sido marcada, protelada, combinada, havia o peso do compromisso. Como daquela vez que te esperei no final da festa e você se juntou a outro alguém, deixando-me com cara de boba na frente do clube, ali fenecia um pouco de mim. Desde o início da noite, meu corpo se preparara para receber o seu toque, meus ouvidos ansiavam pelo som de sua voz, meu espírito estava relaxado e por várias vezes cheguei a sentir sua mão a me acariciar. Prefiro acreditar que tudo foi um sonho que não teve um final feliz, apenas a noite não terminou como eu havia planejado e a partir daquele momento eu comecei a ter certeza de muita coisa em relação a nós dois.

Seu toque já não é mais o mesmo, nosso momento íntimo já não é mais como das primeiras vezes, chega a me machucar e até me deixa dolorida por vários dias. Você já não relaxa e nem se entrega por completo, só se preocupa em consumar o ato, suas palavras chegam a ser grosseiras, suas ações deixam bem claro o que você pensa, e suas desculpas me fazem sentir-me uma tola.

Ainda ressoam em meus ouvidos as palavras que você usou para responder, quando eu te perguntei: "O QUE EU SIGNIFICO PARA VOCÊ?". Acho que só queria me enganar, quando, na verdade, eu já sabia o que você responderia. Pelo menos em um instante você foi sincero e eu pude enfim compreender que AS PESSOAS SÓ FAZEM CONOSCO O QUE PERMITIMOS QUE ELAS FAÇAM, porém chega um momento em que não dá mais para resistir, as forças se esvaem e a dor chega ao limite do ser, exaurindo todo e qualquer sentimento ainda encantado.

Estou cansada, fragilizada, tentando me recompor. Sem saber o porquê de você sempre me tratar mal, fazer-me sentir-me indiferente, quando tudo o que faço é para te ver bem e feliz. Não é justo, um doar-se mais e pouco receber em troca. Estou sempre à sua disposição para o que você quiser, mas você nunca está à minha e quando eu cobro sou chamada de criança. Criança essa que você não leva a sério e nem considera que uma hora vai cansar de te esperar e será tarde demais para recuperar o tempo perdido.

Não quero que você me veja como um estorvo em sua vida, queria que você me visse como: um momento de alegria e satisfação, não como uma mera responsabilidade. Se for para você vir mim ver, que venha, mas porque sentiu vontade de vir e não porque eu pedi ou se sentiu na obrigação.

O amor se torna mais forte com a ausência e cresce no silêncio de um olhar. Estou muito magoada com você, um beijo ainda".

Fechou o diário, deixou as lágrimas molharem o seu rosto, soluçava respirando alto. Depois desse dia, Hermes passou três meses sem aparecer. Ela procurava por ele, perguntava aos amigos se alguém tinha notícias dele, nada a consolava. Até que em um dia, do nada, ele apareceu em sua casa, sabendo de todos os pontos fracos daquela mulher, calando a boca dela com um beijo. Amaram-se loucamente, entregaram-se à paixão e tudo ficou em paz entre eles.

Com o choro sob controle, levanta-se, vai até à cozinha, bebe um copo com água e volta para a sala: será que ainda tem coragem de continuar a leitura?

UM PASSADO DE LÁGRIMAS

Disposta a visitar todo o seu passado, Volúpia apanha o diário no chão, agora se senta confortavelmente em sua poltrona preferida, dobra as pernas, abre novamente o diário e vai para a terceira página:

"Esta não é mais uma carta daquelas que te enviei e até hoje não sei se leu, ou se leu, não entendeu! Certamente não entendeu, pois voltou a agir da mesma forma.

Esta folha em branco que aos poucos vai se preenchendo com minhas lamentações e desenganos é apenas um desabafo, nunca vou te mostrar e talvez não tenha coragem de mostrar a alguém. Pois esse documento contém relatos deprimentes e pode provocar efeitos colaterais a quem venha a ler.

Nenhum recomeço é ruim, quando se sabe por onde começar, ou ao menos se sabe o que foi perdido. No meu caso é mais cruel ainda, já cansei de tentar buscar explicações para o que está acontecendo, já não tento mais me enganar. O que sei é que há alguns dias fui dormir com uma promessa de um telefonema seu no dia seguinte, entretanto, já se passaram mais de dez dias após esse episódio, não consigo suportar a ausência de notícias suas e nem sei o que é pior. Se é ficar sem te ver, sem ouvir ao menos sua voz.

Travei um duelo com o telefone, passo horas olhando fixamente para ele, insistentemente verifico se está funcionando direito, se está conectado corretamente na parede, e ele nada. Permanece ali no canto, em cima do rack, próximo da TV, não dá nenhuma demonstração de afeto ou ao menos de piedade ao meu sofrimento, continua no mesmo local insensível a qualquer emoção, logo ele que por muitas vezes foi o nosso cúmplice. Foi por meio dele que podemos conversar abertamente, que eu pude expor minha vida para você. Ele nos proporcionou momentos inesquecíveis, foi nosso cupido, presenciou nossos planos mais secretos, já me acordou no fim da madrugada, fazendo aquele dia que se iniciava ser especial, pois era você que estava me acordando, e hoje está ali calado, distante, alheio a tudo que acontece comigo. Parece rir de minha angústia, de meu desespero. Em meio aos meus ataques de histerismo, cheguei a xingá-lo e até jogá-lo contra a parede, mas não adiantou de nada: ele é mais forte do que eu.

O que mais me deixa angustiada são os momentos que estou em casa, onde eu me refugio e posso ser rainha. Nos meus momentos de total solidão é que me sinto mais vazia, o silêncio chega a estrondar nas paredes de meus ouvidos. Estou cumprindo a minha promessa rigorosamente de não te procurar mais, nem tão pouco mandar recados. Esses impulsos podem ser controlados, o que não consigo é evitar a espera por um telefonema seu. Não posso conter minha ansiedade e excitação para ouvir sua voz, sinto algo me corroendo, invadindo minhas vísceras, dominando todos os meus sentimentos, só consigo me acalmar quando tomo uma xícara de chá de erva-doce acompanhado de um antidepressivo que me faz dormir, mas, até na hora em que esse meu alento chega, uma sensação de abandono invade o meu íntimo, fazendo-me sentir-me o pior de todos os seres. Sem valor algum, é inevitável segurar as lágrimas, elas insistem em rolar no meu rosto tornando-me mais sensível, e pateticamente uma cena melosa na novela me faz chorar.

Não sei qual a sua pretensão? Se é me deixar louca e moribunda, seca de sentimentos, sem nenhum sonho para alimentar, sem vontade alguma de sair e me divertir um pouco com minhas amigas... Se forem esses os seus planos, foram falhos. Consegui me reerguer antes. Quando lembro que você pediu para me afastar de algumas amigas, o que prontamente obedeci, sinto pena de mim e choro mais ainda, pelo tamanho da minha fraqueza. Como pude? Entregar-me nas mãos de uma pessoa tão fria, mesquinha, egoísta, interesseiro, baixo... Enterrei-me, sim, em minha casa por uns dias, esperando avidamente por notícias suas, evitando a companhia das pessoas, não querendo sair de casa, estava me sentido uma zumbi. Foi preciso bastante força de vontade para reverter essa situação que pouco a pouco estava me consumindo. Tomei a iniciativa de proibir todas as minhas amigas de tocar ou mencionar qualquer palavra que possa te relembrar e assim reacender dentro de mim qualquer sentimento por você. Quando estou próxima delas ou em um ambiente que não seja a minha casa, consigo parar de pensar e lembrar de tudo que vivemos.

Está sendo difícil, você está dentro de mim, tatuando em minha pele, você invadiu o meu paladar, os meus poros ficaram sensíveis ao seu toque rejeitando qualquer outro. Ainda consigo ouvir o batido do seu coração, sinto a respiração ofegante, os abraços que te dei e não foram retribuídos, o cheiro do teu sexo, o gosto amargo e quente do teu corpo invadindo o meu. Só me restaram as sensações. Infelizmente não posso dizer o mesmo quanto a você, pois ficou com objetos pessoais que me pertenceram, vai ser a sua tortura, toda vez que você tocar ou usar, estará se lembrando de mim. Não adianta lavar, pôr no sol, na água sanitária, não são as minhas digitais que estão impressas ali e sim a lembrança do que me pertenceu e hoje faz parte da sua vida.

Você vai contra tudo que aprendi durante a minha vida, sempre me ensinaram que quando uma pessoa é generosa conosco, devemos retribuir do mesmo modo, tratando-a bem e dividindo o pouco que temos. Fiz isso com você, em troca só recebi patadas, desprezo, toda vez que te tratei bem ou te dei algo, você se afastou. Dei-te um CD com músicas românticas, as quais lembravam algum momento que vivemos, na esperança de isso nos aproximar mais, chega a ser irônico, pois você se afastou de mim.

Todo criminoso tem direito de saber o porquê de sua punição, tal direito você me negou! Talvez seja esse o preço que tenho que pagar por ser tão tola e ter me deixado levar pelo meu ego. Quem não queria ao menos desfrutar de teu corpo: braços grossos, ombros largos, abdome definido, coxas grossas, bunda redonda e carnuda. Besteira! Um dia isso vai ser só um monte de rugas e você vai então lembrar amargamente o sofrimento que causou a alguém, a beleza é muito mais que isso, ela tem que vir de dentro para que as pessoas possam apreciar a embalagem. O que você tanto faz é se exibir, acho que se sente em um concurso de beleza, andando por todos os lugares sem camisa. Você é muito mais que isso.

Não é mais menino, já passou da idade, nem tão pouco é um homem! Faltam-lhe ainda vários detalhes para formar o seu caráter, ou seja, você não passa de um moleque, deslumbrado com a vaidade e a agilidade para usar o membro que carrega entre as pernas. Um jeito sutil e dissimulado de sempre conseguir o que quer, não importando os mecanismos a serem utilizados: os fins não justificam os meios. Chegou várias vezes a se fazer de vítima, incompreendido, fazendo-se de ingênuo. Essas suas ações provocaram em mim um arrependimento e o medo de tentar novamente, vai levar um bom tempo para que eu volte a acreditar nas pessoas.

Estou pouco a pouco te eliminando dentro da minha vida, te matei dentro do meu coração. Os olhos que te viam como uma pessoa especial, você conseguiu ofuscá-los com lágrimas e tristezas, hoje já consigo esboçar um sorriso para alguém e me sinto uma vitoriosa.

(Pra lembrar é preciso esquecer)

Não sei se ainda quero lembrar-me de ti!".

Uma nova crise de choro toma conta da Loba. Ela se entrega, deixa o choro lavar sua alma. Depois dessa carta, Hermes sumiu, Volúpia amargou um bom período na ausência dele. Com muita força de vontade e apoio das amigas, ela reuniu forças e mudou de cidade, resolveu fazer seu mestrado em Marketing. Deixou muita coisa para trás, inclusive seu coração. A ingenuidade cedeu espaço para o medo de se apaixonar novamente, ela não conseguia mais confiar nos homens, por isso preferia usá-los e descartá-los, para ela era menos doloroso.

De volta ao presente, recomposta da crise de choro, com o coração mais aliviado, ela olha para o grande relógio na parede e toma conhecimento que a hora já está bem adiantada, recorda que não tomara banho. Guarda o diário de volta na caixa, com cuidado coloca a caixa em cima da mesa de centro e vai para sua suíte.

Pelo adiantar da hora, o banho não vai ser demorado. Com o corpo úmido, borrifa as duas gotinhas de Chanel n.º 05 no colo, vai até ao closet, abre a gaveta das lingeries, pega uma camisola de seda na cor vermelha, veste e vai para sua cama. Ao deitar-se, o celular toca, como prometido Superboy está ligando para ela. Toca uma vez, duas, três vezes e ela não atende. O rapaz é insistente, retorna a ligação, o medo de sofrer a impede de atender, mas a ousadia e a vontade de tentar falam mais alto: ela atende a chamada.

— Oi, boa noite. Desculpa por ligar tão tarde, você já estava dormindo?

— Boa noite! Não tem problema, não dormi ainda, mas já estou deitada. Como está sua mãe?

— Hoje ela está tranquila, ainda sob os efeitos do sossega-leão que os médicos aplicaram na veia. Como foi seu fim de semana?

— Normal, sem nada de mais. No sábado à noite saí com as amigas, domingo nos reunimos para almoçar fora e foi isso.

— Legal, melhor que ficar internado e ainda ter que comer comida de hospital. Desculpe, se estou sendo invasivo. Nessa semana podemos repetir a sessão de homecine?

— Ainda não tinha pensado nisso, vou falar com Aninha e pedir uma sugestão de filme, depois lhe dou um retorno. E agora o que você estar fazendo?

— Nada demais, já fui no quarto ver se minha mãe já dormiu e agora estou aqui conversando com você?

— Que menino dedicado. Cuida da mãe, toca, canta. O que mais você faz de bom?

— KKKKK, obrigado. Mas não sou mais menino. Minha mãe também me ensinou a cozinhar.

— De bom eu não sei, mas a gente pode descobrir. O que você acha?

— Isso foi uma cantada?

— ...

— Se quiser que eu ensine, minhas aulas são caras. KKKKK.

A conversa começou a mudar o rumo. Após essa breve cortada de Volúpia. Desejo calou-se e ela ficou esperando que falasse. Sem jeito, ele falou depois de um breve silêncio, desejou-lhe uma boa noite e mandou um beijo. Ela entendeu que a culpa foi dela, poderia ter baixado a guarda um pouco. Respondeu a despedida dele, programou o despertador, vendou os olhos e adormeceu.

O PREÇO
DA TEIMOSIA

Volúpia acordou com o coração mais aliviado. A tristeza estava começando a se dissipar ao passo que ela percorria o caminho dolorido do passado e quebrava as correntes, embora ainda não tivesse coragem de libertar-se totalmente.

Após dois dias de profunda letargia, ela conseguiu rir um pouco com um áudio que Desejo acabara de mandar para ela: "Bom dia, querida Professora! Se você quiser me ensinar, eu prometo ser um aluno aplicado e fazer todas as lições que a professora passar. Se você quiser cobrar pelas aulas, eu pago com lições dobradas. Zoando você (risos), estou indo para aula agora. Beijos e fique bem". Ela respondeu com uma carinha sorrindo e lhe desejou um bom dia. Levantou-se da cama, foi direto para o banheiro, tomou um banho; passou batom nos lábios e perfumou-se. Escolheu um tailleur em risca de giz e, para usar por dentro, uma blusa vermelha. Para calçar, um scarpin de verniz vinho. Uma rápida olhada no espelho e, sentindo-se elegante, desceu as escadas.

Antes de sair para trabalhar, procurou as bolsas que sempre levava para o escritório, em uma levava o notebook e na outra levava a casa e tudo mais que achava que precisava. Foi nessa em que ela colocou o diário. Aproveitaria o intervalo do almoço para ler ou quem sabe o final do expediente.

Concentrou-se em suas ocupações, tomou um café com os colegas de trabalho, procurou não pensar nos últimos acontecimentos e concentrou suas energias em Desejo. Estava começando a acreditar que valeria a pena embarcar naquela aventura, as horas correram e já era hora do intervalo. Pegou o diário dentro da bolsa e saiu. No restaurante ela se isolou e se sentou em uma mesa que ficava mais afastada das outras, não desejava ser importunada. Pediu uma taça de vinho branco para estimular o apetite, bem como desanuviar a tristeza dos últimos dias. Para almoçar, uma salada Caesar que foi degustada e aprimorada por seu paladar. Finalizou com uma xícara de café. Enquanto esse esfriava, ela abriu o diário na quarta página, sorveu um gole de café, fechou os olhos e rememorou o que fizera enquanto estudava seu mestrado, a adaptação na cidade nova, o novo emprego, os novos casos que encontrou, as novas amizades que ela cativou e o dia que ela encontrou Hermes casualmente em uma festa, trocaram telefones e decretou sua desgraça.

Daquela noite em diante, eles começaram a se falar por telefone quase todos os dias. Ele a visitava em seu apartamento, às vezes saíam juntos para comer fora ou ir ao cinema. Desenvolveu-se entre eles uma amizade, mas Volúpia almejava muito mais do que serem apenas amigos.

"A vida é um tanto quanto irônica. Aproximar-nos das pessoas nos faz envolver-se, doar-se e viver num estado total de entrega e depois leva-se embora, deixando uma lacuna, indicando que alguém especial passou por ali.

Quando estamos acostumados a viver, respirar e compartilhar os mesmos espaços, somos obrigados a aceitar a ausência dessa pessoa! Que de uma hora para outra se afasta, da mesma forma que chegou inesperadamente conquistando-nos com gestos, palavras e atitudes, deita-se em nossa intimidade, desfruta de nossos desejos secretos, conhece a outra face que tentamos esconder de nós mesmos, por vergonha ou medo de ser exatamente como deveríamos ser, infelizmente a sociedade moderna nos condiciona a viver de uma forma fria e vazia.

Difícil mesmo é aprender a conviver com o silêncio, o espaço sobrando, não ter mais que se preocupar se a companhia outrora julgada especial e única está bem. O compromisso marcado, não precisar mais inventar argumento para estar próximo do alvo do desejo, nem ter que aturar uma música chata, disputar a posse do controle remoto e muito menos aturar aquelas pessoas chatas que por coincidência fazem parte do mesmo ciclo de amigos. Isso tudo dói! Por que antes estávamos embriagados pelo doce néctar da convivência e agora estamos envenenados pelo amargo da ausência.

A roda do destino continuou girando, em seu eterno ciclo de momentos e ocasiões.

Viveu novas emoções, mudou de cidade, arranjou outros empregos, procurou rir em novas companhias, deixou o cabelo crescer, cortou, mudou de visual tantas vezes para em nenhum momento parecer com aquela que sofria calada. Curtiu outros estilos musicais, interessou-se por outros gêneros de filmes, entregou-se a outras formas de prazer, abraçou outros corpos, já não se deixava dominar e agora assumia o papel de protagonista do ato, testando novas posições e abusando do uso de brinquedinhos para incrementar. Não se deixou levar por paixões porque estava focada em outros objetivos, planos e projetos.

Estava indo tudo bem, feliz com sua nova rotina até que um golpe de sorte/azar, nem sei julgar! Acho que retornei ao passado, nem mesmo sei, só me lembro do verso de Vinicius de Moraes, que declarava: 'A vida é arte do encontro, embora ela seja feita de desencontro!'. Lá estava de novo a vida pregando-lhe uma peça, usando seu exército de seres invisíveis e enigmáticos para aproximar duas pessoas que percorreram caminhos contrários, separados por gostos e desejos diferentes.

De novo frente a frente! Ela já não era mais a mesma, o outro também não. Não se apresentaram por que não cabia meras formalidades, elogiaram um ao outro, falaram do presente e de planos futuros. E o passado que viveram? Ela ainda queria comentar como sentiu falta, como foi doloroso reaprender tudo sozinha. Mas o outro não abriu a guarda, era como se fosse um amigo novo, ainda precisava ser conquistado. Como todo adulto metido a besta, era preciso criar vínculo, ter algo em comum, diferentemente das crianças que se entregam com facilidade.

Havia entre os dois um enorme espaço. Ela não entendia porque só ela lembrava: do choro na noite chuvosa, quantas estrelas viram cair e se perder no meio do mato, de quantas e quantas vezes se amaram loucamente, do gosto do corpo dele dentro de sua boca, de como ela gostava de ser pega bruscamente, das conversas intermináveis ao telefone. O outro esquecera o quanto era gentil, companheiro, atencioso, brincalhão. Tornara-se uma pessoa fria, rude, mentirosa e acima de tudo interesseira. Desprovido de sentimentalismo e recordações.

Definitivamente, era melhor ter a lembrança de uma pessoa doce do que a certeza de uma pessoa amarga! Será que toda vez que nos reencontrarmos vai ser sempre uma nova pessoa?".

Leu de uma vez só, suspirou alto, guardou o diário, pagou a conta e voltou para o trabalho.

A tarde passara rápido e já era hora de voltar para casa. Organizou sua mesa, pegou as bolsas e foi embora. Enquanto saía do estacionamento, teve uma ideia, não iria novamente para a academia. Era terça-feira, o movimento no Bar do Riso era fraco e com sorte poderia encontrar G por lá, essa seria a sua última tentativa: se naquela noite ela não o encontrasse, entregaria a ele o bilhetinho azul. Passou pela lanchonete e fez um lanche rápido: crepioca de atum com suco de abacaxi e hortelã. Comeu e foi direto para o Bar do Riso.

Antes de descer do carro, deu duas voltas pelo quarteirão para sondar como estava o ambiente, parou o automóvel uma quadra antes. Tirou o blazer, prendeu o cabelo em um coque, passou o batom vermelho nos lábios, olhou-se no retrovisor, passou perfume, desceu do carro e antes de seguir olhou para o céu e falou: "Obrigado, obrigado, obrigado".

No estabelecimento, estava apenas o dono assistindo ao jornal. Ele, sempre solícito e simpático, foi encontrá-la na porta. Cumprimentaram-se, trocaram apertos de mãos e beijo no rosto. Ele perguntou onde ela queria sentar e o que beberia. Ela respondeu que ficaria ali no balcão e foi logo perguntando se teria direito a ouvir música e se poderia escolher. Ele entendeu a mensagem e a serviu uma dose de Absinto. Também atendeu o pedido musical que ela fizera: o mesmo CD de pop rock dos anos 80 que ela ouvira da outra vez.

Volúpia sentou-se de costas para ele e passou a observar o movimento da rua. Provou seu drink, fechou os olhos e viajou no passado. Aquele ambiente somado à música a fizeram lembrar-se do relacionamento conturbado que vivera com G.

"Certa vez, ela e uma amiga marcaram de beber em bar novo que inaugurara mais afastado da cidade e lá pegar alguns boys. A noite estava animada, Volúpia e a amiga faziam a festa, bebiam cerveja, jogavam charme para os rapazes que estavam bebendo. Logo se juntaram ao grupo e curtiam o momento, dançavam e fumavam. Quando ambas estavam embriagadas e já decidindo quem ficaria com quem, G chega ao bar. Passa pela mesa das moças e nada fala, vai direto para o balcão, pede uma cerveja e observa tudo de longe.

Com medo de que ele arrume confusão com os garotos, Volúpia decide ir embora com a amiga. Chega à casa e, sabendo que ele vai chegar a qualquer momento, deixa o portão entreaberto. Sua intuição estava certa, ele entra em seguida e vai logo questionando o porquê de o portão estar aberto. Ela responde que estava esperando por ele.

Com uma cara ruim e em tom agressivo, ele diz que aquele portão nunca ficara aberto, que ela estava querendo aprontar. Ela faz drama e chora, dizendo que não, só saiu porque a amiga insistiu. Incrédulo, ele liga a TV e começa a fumar.

Ela troca de roupa, veste sua camisola e vai sentar-se no sofá próximo a ele. Indiferente, ele nem olha. Ela passa a mão por cima da roupa dele, beija seu pescoço, passa a mão pelo cabelo e ele não se move. Ela se levanta, fica de frente para ele, abaixa-se e passa a língua por cima da roupa dele, desabotoa os botões da calça dele —ele continua imóvel. Ela abre a braguilha e ele se levanta.

Puxa ela para cima, a vira de costas, levanta a camisola, dá um tapa na bunda dela, desce a calça e faz xixi na rosa pregueada dela. É um jato quente interminável, ela não sabe se chora, se manda ele parar, é a primeira vez que faz aquilo, acha erótico. Quando termina, ele se veste e vai embora".

A Loba é despertada de seus pensamentos por alguém pegando em seu braço, ela achava que era o dono do Bar querendo puxar assunto. Para sua surpresa o tão esperado encontro acontece, é G que está ali ao seu lado. Ao olhar para ele, um sentimento de pena toma conta dela. A aparência dele não é das melhores: cabelos grandes, barba por fazer, roupa puída e um cheiro não muito agradável. Ele pergunta se ela pode pagar uma cerveja, ela diz que sim e o convida para sentar-se ao lado dela.

Enquanto bebe, ele desabafa e conta como sua vida está. Perdeu a mulher e a filha para o vício, não consegue arranjar emprego, tem dívidas com o chefe de uma boca e agora mora com sua mãe, que de vez em quando o expulsa de casa. Ele conta isso em meio a lágrimas, ela ouve tudo em estado de perplexidade, não se perdoa por não ter dado ouvidos à Aninha. Assustada, quer ir embora dali, mas ele continua a chorar, até que ela se oferece para deixá-lo em casa e ele aceita a carona.

Volúpia nunca sentira tanto medo na vida, estava sob o poder de um viciado. Ela duvidava se ele seria capaz de atentar algo contra ela, não falou mais nada, rezava em silêncio, pedindo proteção e que ele descesse logo do veículo. Foram minutos longos e difíceis. Ela ficou mais nervosa quando ele passou a mão em sua perna. Ela o encarou com o olhar severo demonstrando que não estava à vontade com aquele gesto, ele recolheu a mão, mas não se intimidou de todo. Ela olhava fixamente para a frente, evitou olhar quando ele botou seu membro para fora e começou a acariciá-lo. Como ele não dava indício de parar e descer, ela o ameaçou: "Estou quase chegando à minha casa e você não diz onde quer descer, ou você desce agora ou eu chamo a polícia". Ele riu ironicamente e mandou parar o carro, desceu e sumiu no meio dos carros que trafegavam na avenida.

Ela agradeceu a Deus por não ter acontecido nada de mal com ela, prometeu a si mesma que começaria a interpretar os sinais e dar mais ouvidos à Aninha. Sua teimosia podia ter tido consequências desastrosas. Disse obrigado três vezes, ligou o carro e foi embora.

VOLÚPIA APRENDE COM A DOR

Volúpia não via a hora de chegar à casa e tomar um banho, sentia-se suja e amedrontada. Queria apagar para sempre as lembranças de G e, mais ainda, arrependia-se profundamente de ter ido ao Bar do Riso naquela noite. Por sorte, ela saiu ilesa daquele encontro, ao menos fisicamente.

Tomou seu banho e demorou o máximo que pôde, só queria relaxar. Borrifou no colo as duas gotinhas do inseparável companheiro Chanel n.º 05, não vestiu camisola e nenhuma outra peça íntima, deitou-se na espaçosa cama e, antes de vendar os olhos, mandou uma mensagem para Desejo: "Boa noite, meu aluno número 01, tudo bem com você? Vamos marcar a primeira aula para amanhã? Beijos e durma bem". Vendou os olhos e adormeceu em seguida.

Acordou com disposição, animada para encontrar Desejo à noite. Sua alegria aumentou quando recebeu um áudio dele desejando um bom dia: "Bom dia, querida professora, estou à sua disposição. Ensine-me o que você sabe de melhor. Beijos". Ela respondeu: "Bom dia, meu aluno número 01, espero que você seja tão aplicado o quanto é atencioso. O aprendizado é um processo lento que requer dedicação, prática e eu sou superpaciente. Lhe aguardando a noite para nossa aula, beijos e até mais". Com a felicidade estampada no rosto, vestiu-se alegremente, fez uma trança no cabelo, passou um batom claro nos lábios, algumas gotas de CK BE nas dobras dos joelhos, braços e por último nos pulsos. Conferiu as bolsas que sempre levava, não poderia esquecer do diário, hoje ela finalizaria a leitura. Quebraria as amarras do passado doloroso que vivera ao lado de Hermes.

Com as bolsas a tiracolo, entrou no carro. Antes de dar partida, olhou-se pelo retrovisor e pronunciou seu mantra: "Obrigado, obrigado, obrigado". Chegou ao escritório sorridente, recuperara o vigor e a garra para trabalhar. Em meios a sorrisos, nem viu a hora passar, só quando uma colega bateu em sua porta para avisá-la que estavam indo almoçar foi que ela se tocou do horário. Ela disse para irem e que em um minuto as encontraria. Sentou-se à mesa com os colegas, almoçou e depois pediu licença, precisava ler alguns documentos, aproveitaria o horário de folga para livrar-se do entrave.

Pediu um café e sentou-se na mesma mesa do dia anterior. Abriu a bolsa, pegou o diário, alisou a capa de couro, deslizou os dedos na superfície lisa, sentiu a textura fria, cheirou, deu um beijo e antes de abrir falou: "Nosso último encontro, espero não ter que lhe ver novamente".

Volúpia e Hermes tornaram-se companheiros inseparáveis ao ponto de os amigos estranharem quando os encontravam separados. A ligação era forte e não durou muito tempo para Hermes passar a dividir apartamento com a amiga. Ele, sempre respeitoso, tratava-a bem, respeitava a intimidade dela. No início, ele só trocava de roupa no banheiro, ajudava-a nas tarefas domésticas, fazia compras no mercantil, entre outras atividades. Ela cuidava da administração do lar, controlava o orçamento, criava as regras e fazia acordos de convivência, tinha prazer em cozinhar para ele. Para Hermes a relação era de irmãos, para Volúpia era só questão de tempo para os dois voltarem a namorar. Confiante em sua sensualidade, sempre criava situações para envolvê-lo: saía do banheiro enrolada na toalha, pedia para ele abotoar um cordão no pescoço — e ele sempre resistia às investidas. Por uma série de fatores, a relação entre ambos estremeceu e ele foi embora, deixando-a sozinha mais uma vez.

Na noite em que ele foi embora, ela chorou até passar mal. Chorou por tudo: por ter sido abandonada, pelo passado, pela decepção, derramou lágrimas por ter se deixado iludir e ter alimentando sonhos. Mesmo não tendo acontecido nada entre eles, achava difícil voltar a ser só novamente. Ela se acostumou a dividir o mesmo teto com ele, gostava de implicar com o jeito grosseiro dele, sentiria falta das conversas na madrugada, do excesso de cuidado que dedicava a ele, enfim, a solidão era um peso que ela não queria mais carregar.

Não demorou um mês, ele a procurou arrependido querendo voltar, ela, sob o efeito da paixonite, aceitou-o de volta e nem questionou nada, não impôs ou fez objeção, apenas aceitou. A rotina voltou ao normal, ela cuidando da casa e dele também, ele se aproveitando da situação, acostumado com o conforto que ela proporcionava a ele. Ela alimentando esperanças, envolvendo-se cada vez mais. O sentimento a corroendo, o desejo aumentando e ela sofrendo por não conseguir que ele a enxergasse como mulher e não como amiga.

A paixão que ela nutria por ele era tão forte e intensa que ela estava caminhando em encontro à loucura. Quando ele não estava em casa, ela cheirava as cuecas dele, dormia com o lençol dele, era um sentimento doentio. Uma vez ela, se bolinou utilizando a escova de dentes dele, tamanho era o desejo de ser possuída por ele. Pesquisava todos os temperos afrodisíacos para estimular a libido e incluía na alimentação deles. Pedia aos amigos receita de soníferos e como preparar um "boa-noite, Cinderela" — nada adiantava. Passou a brechá-lo pela fechadura na hora do banho. Cansada, rejeitada e sentindo-se doente, a lua de mel acabou e eles começaram a brigar, o clima ficou tenso, ela não suportava mais a presença dele. Ela reconheceu que chegara ao seu limite e escreveu uma carta para ele:

"CARTA DA VERDADE

Refleti bastante antes de dar um título a essa missiva, cogitei: 'carta do Fim', fim de quê se nem começamos alguma coisa? 'Carta do Adeus', muito forte, até porque nenhum de nós vai partir para muito longe, quer dizer, eu penso isso, né? 'Carta da Despedida' ficaria parecendo aqueles depoimentos de fim de curso, em que as pessoas ficam lamentando o que poderiam ter feito e não fizeram para aproveitar os vários momentos que passaram juntos e quando se dão conta já estão separados. Então, vai CARTA DA VERDADE, pretendo relatar aqui tudo o que senti e estou sentindo agora, farei isso de forma branda e serena sem agressão ou cobrança para que eu possa ser bem interpretada.

Essa conversa que ora se inicia poderíamos tê-la presencialmente, mas me conheço, sei que acabaria não dizendo o que está me sufocando e você não iria nem querer ouvir. Sempre foi um péssimo ouvinte, acha-se dono da verdade e não mede palavras quando quer dizer o que pensa. Todas as pessoas que me conhecem sabem que sou melhor escrevendo do que falando. Acho até que seja melhor assim dessa forma distante e fria, para que ambos possamos meditar a que ponto nós chegamos.

Hoje me fiz uma pergunta: 'O que estou fazendo da minha vida?', e ela ficou sem resposta porque não soube responder. Entretanto, surgiu outro questionamento: 'O que os outros estão fazendo com minha vida?'. Foi mais fácil raciocinar, sempre me doo bastante às pessoas, cuido, dou atenção, quase nunca respondo NÃO e se pronuncio tal palavra fico me sentindo mal por não poder atender a quem me procura. No seu caso é bem mais específico e abrangente, não me refiro só ao episódio ocorrido hoje: 'quando você se negou a preparar a massa do bolo', há muito mais coisas acumuladas, que aos poucos vão revelando sua verdadeira personalidade ou esse personagem que você criou para defender-se das pessoas. Percebo ações um tanto quanto egoístas, atitudes estúpidas, por exemplo: 'a forma como amassa o tubo da pasta de dente'; 'quando vai pegar um tempero Sazon amassa a embalagem sem necessidade'; 'quando bate a porta do armário'; dói quando me ignora, às vezes sinto necessidade de falar, mas com quem se você está quieto no seu canto, viajando em seu mundo e ainda por cima colocando um fone de ouvido certamente para não me ouvir? Não me resta alternativa a não ser recolher-me à minha insignificância.

Há um ano vivo doente. Não se preocupe, não é uma doença terminal! Creio que minha doença seja até mais severa e cruel. Ela não tem cura e muito menos tratamento, a não ser dissipar o motivo causador dessa moléstia. Estou emocionalmente doente, você não tem noção do que é viver sufocando desejo, tesão? Dormir e acordar próxima à pessoa que se deseja e não poder a tocar. Já fiz de tudo que estava ao meu alcance, insinuei-me, demonstrei por meio de ações, falei diretamente e sua resposta sempre foi não. Planejava te atacar quando estivesse dormindo mesmo sabendo que você poderia me agredir fisicamente, entretanto, seria até bom, porque só assim poderíamos dar um fim a essa aflição que está esvaindo meu ser.

Nesses últimos dias você me viu triste, calada, é porque já havia tomado a decisão de lhe comunicar que nós não podemos mais compartilhar o mesmo teto. Foi difícil e está sendo, mas ambos temos de convir que alguém teria que tomar uma decisão. Você sabe muito bem o que eu quero e pelo visto não está disposto a ceder. Eu até tentei lutar, controlar minhas emoções, porém tudo o que consegui foi desenvolver sintomas psicossomáticos: uma dor de cabeça hoje, outro dia uma febre, algumas noites de insônias e tornar-me uma pessoa travada. Pensei que fosse fácil conviver com um objeto de desejo, ledo engano. Algumas vezes peguei-me cheirando seu lençol e declarando 'um dia vai dar certo!'. Esse dia nunca chegou e nem vai chegar, estou jogando a toalha. Para ser uma pessoa melhor, tenho que viver plenamente minhas emoções e, enquanto estiver presa a você, isso não será possível.

Convivendo com você, ouvi você falar certas frases com as quais eu não concordo, mas definem bem o que você pensa. 'Bocado comido, bocado esquecido!', 'Eu sou desalmado!', 'Não tenho pena de ninguém!'. Analisando todas essas frases, concluí que logo você vai embora, porque certamente encontrará oportunidades melhores ou necessitará de algo a mais, o qual eu não poderei suprir. O que vai restar-me? Vazio, solidão, raiva por ser tão ingênua...

Eu poderia ter evitado todo esse sofrimento, quando você foi embora e pouco depois pediu para voltar. Se eu tivesse agido com razão, não teria concordado, até porque tinha dúvidas que nunca serão esclarecidas e algumas certezas. Por exemplo: sei que era você que encontrei um dia na sala de bate-papo da UOL. Acredito nisso porque outra pessoa não conhece detalhes tão íntimos da minha vida como você. Cheguei a encontrar algumas vezes camisinhas usadas no lixo do banheiro: essa dúvida jamais será esclarecida porque pessoas por mim julgadas envolvidas negarão e certamente você também fará o mesmo. Pior não é isso, foi saber que vocês comentavam fatos negativos de minha pessoa com terceiros, como também saber que recentemente você me bloqueou no Face. Tudo isso é suportável, agora lutar contra a emoção é demais para minha pessoa.

Mas não, o que eu fiz? Ouvi meu coração bobo e te aceitei de volta na expectativa de uma resposta positiva e fui envolvendo-me mais e mais até chegar ao limite da exaustão. Até aqui nós nos suportamos! Agora cada um segue sua vida da forma como achar melhor, já cuidei o suficiente de você e desejo piamente que a vida seja generosa com você e que, se for do seu merecimento, você encontrará outras VOLÚPIAS em seu caminho. Prefiro guardar as lembranças do Hermes menino que era alegre, atencioso e sorridente... Não quero o Hermes adulto egoísta, frio, calculista. Reflita sobre o que você faz com as pessoas que lhe rodeiam e lhe querem bem.

Seja feliz!".

Fechou o diário e sorriu, ela sabia que aquela mulher ingênua e sonhadora ficara para trás. Dos últimos acontecimentos, tirara grandes lições: aprendeu a dizer não, a interpretar os sinais e não lutar contra o impossível. Aqueles homens a ensinaram, cada um à sua maneira. Com G ela aprendeu a transar, com Hermes ela aprendeu a se amar, a se valorizar e não extrapolar seus limites. Guardou suas memórias na bolsa, pagou sua conta e foi embora ser feliz.

PRIMEIRA AULA

Com o coração mais leve, um sorriso no rosto, Volúpia retornou ao trabalho. Concentrou todas as suas energias em Desejo, resolveu se dar uma nova chance e compartilhar com ele momentos de prazer e paixão. Se o amor chegasse, seria bem-vindo, caso não, iria aproveitar o tempo que ficassem juntos.

Como sempre, a tarde voou. Finalizando o expediente, conferiu a sala antes de ir embora, organizou as gavetas. Quando já estava saindo e ia fechar a porta, lembrou-se que precisava fazer algo. Voltou, foi até ao cofre, abriu a bolsa e guardou o diário lá dentro. Não o jogaria fora, mesmo sentindo-se livre, ele era o passado dela. Sua história estava registrada nele, podia ser que algum dia precisasse recorrer a ele novamente. Fechou o cofre e foi embora.

Retomou a rotina: academia, lanchonete e depois casa. No caminho para a academia, enviou uma mensagem para Desejo: "Olá, você está lembrando do nosso compromisso? Não vá se atrasar, lhe espero às 20:00 horas, beijos". Realizou sua sessão de pilates, passou na lanchonete, pediu uma refeição leve e rápida: suco detox de morango com gengibre e uma crepioca de peito de peru, comeu e foi embora. Antes de chegar à casa, passou em um posto de gasolina para abastecer seu possante, aproveitou e foi até à loja de conveniência, comprou alguns petiscos para degustar com o Superboy: amendoim, castanhas, ovos de codorna, chocolate. Não que ela precisasse de algum estimulante ou estivesse desconfiando da potência de seu loverboy, era apenas para beliscarem enquanto esvaziavam uma garrafa de vinho durante o encontro. Conferiu a hora: só dispunha de quarenta minutos para chegar à casa, tomar banho, arrumar-se e esperar seu aluno.

Com o veículo na garagem, tirou as sandálias, parte da roupa e correu pela estradinha de pedra. Subiu as escadas correndo direto para o banheiro. Tomou meio banho, passou óleo de amêndoas no corpo, batom vermelho nos lábios. Cinco minutos para se arrumar: calcinha fio dental branca, macacão curto com estampa floral e um decote provocante na frente. Atrás apenas duas tiras cruzavam-se em um laço. Não quis sutiã, calçou sapatilhas pretas. Quando ia saindo do quarto, o interfone toca avisando que um rapaz a aguardava na portaria. Mandou entrar e correu para recebê- lo.

Quando abriu a porta, ficou deslumbrada com o visitante: ele vestia calça de moleton preta, camiseta de uma banda de rock, tênis e boné. Típico boyzinho carioca. Mandou ele entrar, trocaram abraços, beijos no rosto. Ele, tímido, ela, com receio de ir ligeiro demais, pegou em sua mão e o conduziu até a cozinha. Convidou-o para sentar. Ela serviu os petiscos e iguarias que comprara mais cedo, encheu duas taças de vinho e sentou-se ao lado dele, propôs um brinde: "às nossas aulas, tim tim", brindaram, ela sem assunto, ele meio travado. Na busca para criar um clima, ela começou a fazer perguntas, perguntou pela mãe dele, pela faculdade e tudo mais. Enquanto ele respondia, ela pegou a mão dele e começou a alisar a palma da mão, foi percorrendo os dedos, caminhou pelas vértebras e juntas, sentiu um calor vindo dele. A pele macia e o cheiro dele a deixaram molhadinha embaixo, os bicos dos seios enrijeceram-se ao ponto de quase rasgarem o tecido fino de sua roupa. Ela ficou com vergonha e levantou-se com a desculpa de abastecer as taças com mais vinho, virou as costas para ele e, em pé de frente ao balcão de mármore, derramava vinho nas taças.

Ele não resistiu ao ver aquele panorama: a bunda arredondada que mais lembrava uma maçã, as curvas perfeitas e convidativas. Levantou-se e abraçou-a por trás suavemente, ela não reclamou e se aconchegou no abraço. Sentiu a rigidez dele que tocava o umbigo, ela pegou as mãos dele e colocou em cima dos seios. Com suavidade, as mãos dela conduziam as dele enquanto percorriam os pequenos morros que cabiam nas mãos dele. Ela sentia o músculo dele latejando em sua carne dura e macia, a quentura do corpo dele contagiava o dela, louca de desejo pegou o dedo indicador dele e levou à boca: lambia, mordia e sugava. Ele fungava no ouvido dela, mordia a orelha, lambia. O hálito dele era quente e cheiroso, ele, possuído pelo tesão, afastou-se um pouco e delicadamente desceu a parte de cima da roupa dela. Ela virou-se de frente e ele enlouqueceu com a pele branca, macia, os bicos dos mamilos durinhos e rosados. Ele não aguentou e lambeu, ela deixou escorrer um pouco de vinho e ele não desperdiçou, bebeu na pele dela.

Ela, dominada pelo momento, arrancou a camiseta dele e puxou-o para perto dela, abraçou-o com força e as carnes se tocaram. O calor do músculo duro e quente dele em contato com a pele macia dela fez com que ela molhasse sua intimidade, as pernas tremeram e ele a segurou. Ela se afastou dizendo que precisava respirar um pouco a potência dele não diminuía. Bebeu um pouco de vinho na boca da garrafa. Ele recostou-se no balcão e fez questão de exibir o membro enrijecido. Volúpia abriu a geladeira, pegou uma garrafa com água e um depósito com gelo, bebeu a água para lubrificar a garganta, depois pegou uma pedra de gelo e pôs na boca. Foi até onde ele estava, deu um beijo no peito dele, abaixou-se rebolando de frente para ele. Quando ficou na altura da intimidade dele, desceu as calça e lambeu o nervo duro por cima da cueca boxer vermelha. Ele respirou profundamente, ela deslizou a cueca e cuspiu a pedra de gelo. Com a boca refrescante, beijou a ponta do membro dele, ele estremeceu.

Beijou várias vezes a pele branca dele, carinhosamente com a língua passeou por toda a extensão de carne musculosa: ele gemia, se contorcia. Ela beijava, lambia, mordia e ele gemendo, falando baixo e ela não parava até que o sorvete derreteu e encheu toda a boca dela com a cobertura. Ela engoliu e não desperdiçou uma gota do creme dele. Ele a levantou e beijou sua boca: beijaram-se vorazmente como se desejassem comer um ao outro.

Ele abaixou-se na frente dela e beijou sua pureza, desceu a parte de baixo da roupa, alisou a textura da renda, beijou e lambeu a pele dela por cima do tecido. As carnes dela tremiam. Com um puxão, ele baixou a calcinha e beijou a gruta dela, com a língua sentiu toda a maciez da carne quente. Ficou em pé e a ergueu, colocou ela sentada no balcão e abriu as penas dela. Ficou na altura da caverna e lambia, beijava, mordia o pequeno caule no alto da entrada da caverna. Ela, desesperada, gritava, gemia, resmungava e ele devorando ela com a língua em movimento rápido e às vezes lento. Até que ela não aguentou e jorrou na cara dele, como um rio escorrendo. Ela puxou ele pra cima dela e beijou a boca dele, ele devolveu o beijo fugazmente.

Cansados, molhados e com as energias esgotadas, foram para o jardim e tomaram banho na piscina à luz da lua. A água fria acalmou os ânimos entre o casal, mas não diminuiu o afeto e o carinho. Abraçaram-se e trocaram beijos várias vezes. Relaxados, com o vigor recuperado, saíram da piscina e foram se vestir. Encerrada a primeira aula e com o adiantar das horas, Volúpia foi deixar Desejo em casa. No caminho, conversaram um pouco. Ele pousou a mão sobre a coxa dela e elogiou a metodologia de ensino da professora, ao que ela agradeceu e complementou: "Gosto de ensinar, sou paciente. Mas, se o aluno for indisciplinado, eu castigo", sorriram juntos. Ao chegar na porta da casa dele, mais abraços e beijos, ele desceu do carro e ficou parado no portão esperando ela desaparecer na esquina.

Ela dirigia apressada querendo chegar logo em casa, o receio maior era encontrar G nas proximidades. Atravessou sinais fechados, cometeu algumas infrações. Rapidamente chegou à sua residência, saiu do veículo já descalça, seguiu saltitante pela estradinha de pedras, subiu as escadas e na suíte foi tomar um ligeiro banho. Borrifou suas gotinhas de Chanel n.º 5, vestiu a camisola preta de cetim, vendou os olhos e repousou.

Despertou com um sinal de mensagem eu seu celular, ainda sob o efeito da noite anterior. Sorriu ao ver que era Desejo que estava acordando-a. No áudio, ele recitava uma poesia que tinha escrito inspirado por ela:

"Não resisto ao toque do meu pelo negro na tua pele branca.

Me sinto criança no parque de diversão.

É tanto prazer e emoção que sinto com você.

Mesmo quando me aperta fortemente e me faz gemer de prazer.

Eu quero mais, sempre mais...

Me abraça,

Eu estremeço porque fazer

Amor não dói dar prazer.

O teu gosto é quente, puro.

Invade minha boca,

atravessa a garganta faz morada dentro de mim e o prazer não tem fim".

Volúpia ouviu atentamente o áudio, já ficou excitada e imediatamente respondeu ao aluno: "Bom dia! Pelo visto a matéria de ontem foi bem assimilada, gosto assim, de aluno aplicado. Não se atrase para aula de hoje, beijos". Ouviu o áudio mais uma vez, arrumou-se e foi trabalhar ansiosa, contando as horas para a segunda aula.

SEM LIMITES

Ou o dia passou rápido demais ou Volúpia, exacerbada pelas sensações compartilhadas com Desejo na noite passada, não viu o tempo passar.

O bom humor da Loba era contagiante, ainda que ela estivesse extasiada com a performance de seu Superboy, não perdeu a concentração no trabalho: o profissionalismo era sua marca registrada. Entregou-se ao labor, resolveu atividades pendentes, delegou funções, comandou reuniões, renovou contratos e atualizou a agenda. Enfim, o dia foi produtivo.

Após o final do expediente, deu continuidade à rotina: academia, lanchonete e casa. No Cafofo da Loba, o banho foi bem demorado, como ela gostava. Hidratou a pele com óleo de amêndoas, nada de maquiagem, fez um coque no cabelo e para vestir: fio dental vermelho escarlate com renda na frente, não quis sutiã e por cima um vestido solto na cor azul claro, para facilitar na hora de tirar. Calçou uma sandália rasteira de dedo e desceu para aguardar a chegada do aluno.

Na sala de vídeo, ligou o som e conectou-o ao celular para ouvir sua música favorita, a canção "Segredo", de Tatá Arrasa:

"A vergonha não demora,
jogando as roupas fora,
despindo teu corpo fogoso
teus músculos duros minha língua devora,
arranho tuas costas tua força evapora.
Vou ao delírio quando me abraça,
beija meu pescoço, e me faz delirar,
e com as mãos toca meu íntimo,
intimidade que eu só mostro a você.
Enlouqueço quando desbrava,

devora o meu íntimo

e eu quero mais, sempre mais [...]".

Quando a música estava acabando, o interfone tocou avisando da chegada de seu loverboy. Abriu a porta e deparou-se com seu pupilo trajando: bermuda, camiseta, tênis, boné e meia. Mal ele adentrou na sala, o tesão explodiu dentro do ambiente. Eufórico, abraçou Volúpia com voracidade. O abraço foi tão forte que ela foi erguida do chão. Os corpos tornaram-se febris e renderam-se ao prazer. Quando Desejo colocou Volúpia no chão, mas sem soltar-lhe, os abraços continuaram e as mãos descontroladas percorreram as costas um do outro, subiam, desciam, amassavam, apalpavam e não se contentavam. A fenda de Volúpia contraía-se em movimentos rápidos como se estivesse a dialogar com a rigidez de Desejo, que parecia querer pular de dentro da bermuda.

Instigados pelo calor que emanava do corpo de cada um, Volúpia soltou-se do abraço e com carinho conduziu o ninfeto até sua poltrona favorita. Sôfrega, a Loba despe o rapaz deixando-o apenas de meia. Com força o empurra, para que ele caia na cadeira, e se afasta para contemplar a visão do corpo do mancebo. O físico do rapaz era invejável: músculos proporcionais, carne dura, pele macia, poucos pelos. De tudo o que mais chamava atenção da fêmea faminta, eram as panturrilhas bem torneadas parecendo estourar dentro das meias, esse era o seu maior fetiche.

Enlouquecida com a imagem de Desejo, entregue ao seu fervor, Volúpia senta-se de frente no colo dele. Ávido por possuir aquela mulher, suas mãos tocam os pequenos montes e beliscam os bicos duros dos mamilos da Loba. Ela se contrai, roçando sua carne quente e macia no vigor duro dele. Ele levanta o vestido dela e puxa-o, tirando-o pela cabeça. Feita égua no cio, Volúpia pula no falo rígido, cavalga por horas, tentando dominar aquele touro brabo. Desejo tenta tirar a calcinha e ela resiste. Ela morde a orelha dele, beija-lhe o pescoço, lambe-lhe o torso e ele urra feito touro. Ela bate na cara dele, morde-lhe o lábio, puxa-lhe o cabelo. Montada na potência dele, saltita e não para, beija-o na boca e com a língua explora o seu interior, até que ele se entrega e escorre no corpo dela. Ela, satisfeita por ter dominado aquele potro, abraça-o carinhosamente e deixa-o relaxar em seu colo.

Hora do intervalo, Volúpia desce do colo de Desejo e senta-se ao seu lado. Ambos calados, mas fitando-se, olhando-se no olho um do outro. Não falavam nada, mas seus corpos se desejavam e se comunicavam. Volúpia tomou a mão do Desejo e o convidou para conhecer sua suíte. Subiram as escadas de mãos dadas. Ela só de calcinha e ele de meias. Dentro do covil da Loba, ela ordenou que ele deitasse na espaçosa cama, rapidamente ele obedeceu à ordem. Assumiu o comando da situação e, com requintes de perversidade, algemou-o na grade da cama. De princípio, ele assustou-se e tentou resistir. Ela o encarou séria e pronunciou em inglês: "shut up", resignadamente ele lhe obedeceu e tremulou quando recebeu um tapa na cara.

Dominado, com os braços presos, o olhar seguia assustado os movimentos do algoz. Sensualmente, rebolando, ela tirou a calcinha e jogou em cima dele. Subiu na cama, andou até o rosto dele e desceu fazendo com que sua gruta tocasse a boca dele, friccionou sua umidade no nariz dele, o cheiro era forte e ele quase se asfixiou. Ela desceu mais um pouco, sentando no tórax dele. Com as mãos massageava o rosto dele e introduziu um dedo na boca dele. O passeio continuou, vagarosamente ela deslizou até seu mastro e sentou na pelve dele, forçando um contato de intimidades. O músculo dele, entumecido e viril, latejava no contato com a gruta dela: ele estava postado em frente à porta da felicidade. Mas não podia entrar.

Ela roçava, forçando o contato da carne com o nervo, e ele aflito, sem nada poder fazer, apenas obedecia aos comandos. Ela pegou a tora robusta e, com carinho, como se estivesse manuseando uma caneta, levou a ponta até o alto de sua gruta e tocou com carinho em seu regalo, massageando carinhosamente. O corpo se retorceu em espasmos, ela não se conteve e começou a gemer, a tocar com mais força em suas carnes trêmulas. Os gemidos se intensificaram e ela já estava gritando. Desejo, imobilizado, conformou-se em gemer. O corpo se retorcia sob o domínio de Volúpia, até que ambos explodiram em jatos, seus líquidos se expeliram de dentro deles e a euforia não se satisfazia.

Quanto mais se entregavam, mais se desejavam, menos se satisfaziam. O instinto animalesco dominava-os. Volúpia não impunha limite às suas fantasias. Desceu de cima do seu pajem e ele, quase adivinhando as intenções dela, retraiu o corpo e encolheu as pernas.

Ela puxou as pernas dele com força e, quando ele ia começar a reclamar, ela ordenou: "shut up". A loba ergueu as pernas do Superboy, ele sentiu-se humilhado por ter sua virilidade insultada. Tentou resistir e levou duas palmadas violentas em suas nádegas, ficando tatuada a marca da mão dela. A devoradora observou veementemente a flor-de--lótus do jovem, sentindo-se convidada por aquela rosa pregueada: cheirou, mordeu e passou a língua delicadamente na porta da caverna daquele macho que, sob o seu domínio, apenas gemia e se permitia ser possuído. A loba explorou a gruta secreta com a língua voraz em movimentos alternados, às vezes rápidos outras vezes lentos. Só parou quando ele jorrou o último jato de sua energia e mesmo assim sua potência não baixava.

Ambos cansados, mas não desgastados, pareciam testar a resistência de seus corpos. A fêmea no cio soltou as algemas do seu cativo, que aproveitou a liberdade para assumir o controle. Jogou Volúpia na cama e com a língua percorreu cada centímetro daquele corpo escultural. Não se fez de rogado, usou a boca para explorar cada entrada, em cada túnel a língua entrava e saía. Virou a loba de costas, montando na curva de suas ancas, e com masculinidade massageava seus ombros. Começou uma sessão de beijos até chegar ao gomo da maçã.

"Nossos desejos não se satisfazem,

ternura e loucura se misturam

quando nossos corpos se encontram [...]".

Contemplou aquele bumbum redondo, empinado, chamando por ele. Acariciou-o, beijou-o, cheirou-o e com uma mão abriu caminho para que pudesse degustar do sabor daquele manjar. Com a língua, invadiu a toca escura arrancando gemidos e suspiros de sua dona. Afastou-se, colocou a Loba de quatro e posicionou-se ficando por baixo dela. Com a boca lambia e mordia sua vulva, enquanto ela já estava molhada. Ele ficou de pé atrás dela, com as pernas semicurvadas, roçava o falo na ingenuidade dela, pedindo para entrar. Agarrou-se em seus cabelos e sutilmente sumiu dentro dela.

"Vou ao delírio quando me abraça,

beija meu pescoço, e me faz delirar,

e com as mãos toca meu íntimo,

intimidade que eu só mostro a você."

Entrava e saía, num ritmo acelerado. Quando ela gritava, quase desfalecendo, ele reduzia a velocidade, soltava o cabelo e dava palmadas em sua bunda. Diminuía a força, em compensação aumentava a pressão da estocada de seu membro na gruta dela, que era amortecido por suas carnes duras. Até que chegou o momento do ato final e os dois atingiram o apogeu gozando juntos. Ambos esgotados, desabaram um sobre outro sem vigor.

"Enlouqueço quando desbrava,

devora o meu íntimo

e eu quero mais, sempre mais [...]".

Ele só saiu de dentro dela quando o seu calibre perdeu todas as forças e respirava flácido. O gigante de outrora dormia sereno. Os amantes flanavam no céu da paixão e trocavam olhares de cumplicidade. Permaneceram deitados lado a lado sem nada falar, o silêncio era o código dos enamorados. Volúpia considerava os segundos após a cúpula momentos mágicos, em vez de falar ela preferia observar. Era o instante encantado quando todos os dogmas e preceitos eram desconstruídos. A sucessão de atos que se seguiam era fruto da renúncia ao egoísmo, de entender que o orgasmo precisava ser dividido em partes iguais e não subtraído do outro.

Desejo abraçou Volúpia com ternura, ela se recostou no peito dele e o único som audível para ambos era a batida dos corações. Ela o beijou e ele a retribuiu, o fogo de antes foi substituído por gestos sublimes e sensíveis. Superboy segurou a mão da dama, encarou-a com humildade e suplicou: "Promete que nunca vai se afastar de mim...". Ela engoliu em seco e respondeu: "Quando o fascínio virar paixão, quando a paixão virar amor e quando o amor tiver a mesma intensidade do fascínio, eu prometo. Pode ser?". O jovem não entendeu a resposta e calou-se, mesmo assim permaneceu abraçado à sua Deusa.

Só voltou a falar na hora de ir embora. Trocaram novos abraços e beijos demorados. Vestidos, eles desceram para a sala e ela chamou um uber para seu protegido. Desculpou-se por já ser tarde, alegou que não poderia deixá-lo em casa devido à aula ter sido muito intensa e por ela estar fisicamente esgotada. Acompanhou o pupilo até o portão de entrada do condomínio, pararam no meio do caminho, contemplaram o céu e beijaram-se à luz das estrelas. Ao fim do beijo, ela segurou as mãos dele e falou: "Um dia...". Seguiram de mãos dadas até a entrada.

Quando a Loba abriu o portão, o uber encontrava-se à espera. Beijaram-se mais uma vez e ele foi embora.

Retornando ao Cafofo, a Loba realizou seu ritual que sempre fazia antes de dormir: meio banho, duas gotinhas de Chanel n.º 05 em seu colo, camisola de seda, programar o alarme do celular para as seis horas da manhã, venda nos olhos e, com o corpo e mente extremamente relaxados, adormecer sem dificuldade.

UM DIA...

Envolvida por Desejo, Volúpia divide-se em duas: a mulher apaixonada e a profissional compenetrada em suas funções.

O relacionamento entre os dois desenvolve-se a passos largos: mensagens de bom-dia ao início da manhã, conversas na hora do almoço e a noite sessões tórridas de sexo. A Loba, amedrontada por paixões malsucedidas do passado, tem medo de entregar-se completamente. Superboy, encantado, mergulha de cabeça na relação: era o seu primeiro envolvimento sério. Antes o ninfeto vivenciara apenas aventuras e transas de uma noite. Essa entrega exacerbada do Lolito era o motivo da insegurança da Loba, a segurança que ela buscava não conseguia sentir no amante, apesar de ele mostrar-se companheiro e romântico.

Aproximava-se o dia do encontro semanal do Clube da Loba. Volúpia receava ir ao Bar do Riso e encontrar G por lá. Para evitar constrangimento, criou uma estratégia. Marcou o evento em sua casa, afinal, o último encontro fora em um local diferente do habitual, não haveria problemas mudar mais uma vez, desde que fosse combinado com antecedência entre as amigas. Ligou para Aninha e atualizou a amiga dos acontecimentos. Falou do affair que estava vivendo com Desejo, comentou sobre seus medos e confessou o plano: de imediato, seria a reunião entre as amigas, e depois, para apresentar o moço, bem como pô-lo na sabatina. Queria ver como era o comportamento do mancebo na frente de outras pessoas, ter uma noção se ele blefava e coisas do tipo. Aninha compreendeu a intenção da amiga, solidarizou-se e ficou de convencer as outras caso houvesse alguma objeção.

Convites realizados, compromisso marcado, só restava aguardar o dia chegar.

No intervalo do almoço, Volúpia aguardava ansiosa pela ligação de Desejo, estava já dependente de conversar com o rapaz. Após conferir o celular várias vezes com medo de perder uma chamada, ele liga.

Conversam por trinta minutos e ele se desculpa por não poder encontrá-la à noite. É a semana de prova final na faculdade, ele não pode tirar nota baixa para não prejudicar a inscrição no mestrado, também porque a mãe está psicologicamente abalada e ele temeroso não quer deixá-la sozinha. A Loba ouve atentamente sem interromper, apesar de estar irritada por ter sido deixada de lado. Volúpia não lhe demonstra, compreensivelmente apoia o mancebo e o convida para um banho de piscina em sua casa no dia seguinte. De prontidão, o convite é aceito sem arrodeios e questionamentos, ele apenas pergunta o horário.

Aborrecida, a Loba aguarda pelo fim da carga horária de trabalho, passa na academia e na lanchonete. Em casa, vai direto para o banho, relaxa na sessão de banhoterapia: a suavidade do contato da esponja embebida na espuma do sabonete líquido a acalma.

Banho finalizado, corpo perfumado com Chanel n.º 5, camisola vestida, ritual encerrado, a Loba deita-se na cama para dormir. Celular toca e para sua alegria é Desejo quem está ligando. Ainda aborrecida, Volúpia trata o cavalheiro com rispidez inicialmente. Usando palavras delicadas, Superboy dobra a fúria da mulher e a conversa ganha corpo: falaram de tudo.

Desejo confessa sua paixão e deixa claro que, ao lado de Volúpia, está conhecendo o amor e que antes dela só vivera poucas aventuras. A Loba abre o coração, comenta vagamente sobre seus casos amorosos. Fala: de sua insegurança, do medo de ser abandonada, do peso da solidão e de ter perdido a fé no amor. Ela traz em seu coração cicatrizes profundas por ter amado e esse sentimento não ter sido recíproco.

Consternado com tudo que ouviu, o jovem pede a ela uma oportunidade de provar que nem todos os homens são iguais. "Eu confio em você, me entrego inteiro a você. Mas só tem uma maneira de dar certo: você também precisa confiar em mim e se entregar, para que esse amor que eu desejo viver a seu lado cresça e a liberte dessa prisão que você vive". Ela escutava calada. Quando ele terminou de falar, ela engoliu em seco e aquelas palavras desceram rasgando suas entranhas. Era um misto de tudo: medo, insegurança, paixão, fascínio... Sentindo-se pressionada, ela apenas repetiu para ele o que já havia dito: "Um dia...". "Tudo bem, eu espero! Não quero ter você presa ao meu lado. Eu só anseio por um crédito de confiança de sua parte". Dito isso, mudou de assunto e a conversa virou a madrugada.

Falaram ainda por um bom tempo, até que, dominada pelo cansaço, Volúpia adormeceu com o celular na mão.

Incomodada com os raios de sol em seu rosto, a Loba acorda. Entretida na conversa, esquecera de fechar as cortinas. O corpo estava dolorido devido à posição em que dormira. Olha a hora no celular e já se passam das dez horas da manhã. Levanta-se e vai para o banheiro. Escova os dentes, meio banho, lava o rosto com sabonete neutro. Dirige-se para o closet, veste um maiô preto com decote nas costas, shortinho curto na cor laranja e chinelo de dedo para compor o look. Arrumada, desce para a cozinha.

Frutas, leite de soja, cereal, pão integral, pasta de amendoim, mel orgânico, waffle e ovos fazem parte do café da manhã. Saciada, lava a louça que sujou, arruma a cozinha e se dirige até ao jardim para conferir se estar tudo em ordem para receber seus convidados.

No deck à beira da piscina, liga o som, coloca sabonete e papel higiênico no banheiro, organiza as almofadas, estende as esteiras de bambu no chão, acende um incenso de alfazema para espantar os maus fluídos e aromatizar o espaço.

Aninha é a primeira a chegar, traz carnes e frios para assar na churrasqueira. Alguns minutos depois, chegam Meg e Paty: uma traz uísque e a outra, o violão. A festa inicia-se, um brinde é proposto, elevam-se os copos no ar e proclamam: "Saúde, sucesso, ao amor!". As amigas entreolham-se procurando entender porque a anfitriã brindou ao amor — o que estava acontecendo que elas não sabiam? Aninha socorre a dona da casa e explica o plano, mas teriam que agir com natu-ralidade para não deixarem o jovem constrangido e tampouco serem severas demais em seus julgamentos posteriores. De comum acordo entre o quarteto, o pacto é selado. Tomado de curiosidade, o grupo de mulheres não desgruda os olhos do portão bem como do relógio.

Passada uma hora de espera angustiante, eis que Superboy aponta na entrada do jardim, trajando short curto branco, camiseta amarela, chinelo de dedo e boné preto de alguma banda de rock e um violão a tiracolo. O mulherio não desvia o olhar do físico escultural do moçoilo. O pupilo da Loba, constrangido, não sabe o que dizer, afinal, esperava um encontro íntimo entre ele e sua idolatrada, não uma convenção de donzelas devoradoras. Percebendo o embaraço do ninfeto, Volúpia assume o controle e o apresenta para o bando.

Aproveitando a afinidade musical, Paty convida o recente amigo para fazer um dueto. Tocam e cantam de tudo: MPB, pop rock, internacional romântico. A dupla é só aplausos da pequena plateia. Ao final de uma canção, Desejo pede licença à parceira e também ao minúsculo séquito e surpreende a dona da casa.

"Não quero ser pretensioso e tampouco parecer um adolescente apaixonado, quero esclarecer a todas vocês que estou encantado por essa mulher. Ao lado dela estou despertando sensações que julgava não possuir, a cada momento vivido com ela eu aprendo uma nova lição sobre: companheirismo, afeto, empatia. Enfim, essa rainha está despertando em meu ser uma nova razão para apreciar a vida e, consciente de tudo isso, vou apresentar em primeira mão uma canção que fiz inspirado nessa diva. Para você, meu futuro grande amor, o título é:

Perguntas

A vida a brincar com seus sentimentos.
Roubando seus encantamentos
Procurando respostas
Para as perguntas
Presas em seus pensamentos.

Escreve os dias na agenda
Se cansa e se desgasta
Com tantas perguntas que
Escreveu com caneta vermelha
Na agenda de capa preta

Sua melhor companhia?

A solidão
Espera por alguém?
Talvez
Quando fez amor pela última vez?

Não lembra
Já amou?
Várias vezes
Já teve o amor de alguém?
Quem sabe

Ainda sente Desejo?

O corpo queima no banho
Suas mãos massageiam seu corpo
Se realiza na imaginação
Se entrega e se mostra
Para o espelho.
Espelho que reflete
Sua solidão...

Quando se cansa
Deita na cama
Repete as mesmas perguntas
E as repostas não alcança
Só não acaba a esperança.

Sua melhor companhia?
A solidão
Espera por alguém?
Talvez
Quando fez amor pela última vez?
Não lembra
Já amou?
Várias vezes
Já teve o amor de alguém?
Quem sabe

Ainda sente Desejo?

O corpo queima no banho
Suas mãos massageiam seu corpo
Se realiza na imaginação
Se entrega e se mostra
Para o espelho.
Espelho que reflete
Sua solidão..."

A Loba não conteve a emoção ao se ver descrita em verso e rima. O jovem cantor traçou um perfil completo da personalidade dela. Até parece que ele mergulhou no consciente de sua idolatrada, captou todas as suas dúvidas e anseios para transformar em poesia.

Emocionadas, as mulheres aplaudiram o artista. A musa inspiradora, envolvida pela declaração de amor, foi até aonde o poeta estava sentado e o beijou na boca surpreendendo a todos. Antes que o clima esquentasse entre o casal, Aninha, que tomava conta da churrasqueira, anunciou o almoço. Pausa na bebida e nas músicas, formou-se um mutirão para ajudar a servir a comida. Nada de sofisticado: carne assada, farofa e arroz branco. Serviram-se e degustaram a refeição ali mesmo, sentados nas almofadas.

VERDADE OU DESAFIO?

Terminada a refeição, Meg ajudou Volúpia a recolher os pratos, talheres, copos e a os levar para a cozinha.

O sono bateu junto ao cansaço. Para evitar que todos dormissem, Aninha propôs que brincassem de jogo da verdade e/ou verdade ou desafio, temendo deixar explícito que o intuito da brincadeira seria descobrir alguma coisa sobre o ninfeto. A psicóloga argumentou que estava à procura de um tema para escrever um livro de romance, poderia ser que ali no grupo alguém contasse uma história interessante.

Inicialmente houve rejeição por parte do grupo. Meg, curiosa para saber detalhes da vida de Superboy, apoiou a amiga na empreitada. Não tendo outro meio, a sugestão foi acatada. Para agravar a situação, a representatividade masculina era pequena Desejo foi escolhido para iniciar o jogo. Aninha passou as instruções: não teria desafio. Mas teriam que falar sobre qualquer coisa referente a relacionamento, sexo, primeira vez, convívio familiar, entre outros assuntos, desde que o grupo ainda não soubesse. O que não se aplicava ao loverboy.

Instigado pela mulherada, o rapaz começou a falar, não sabia bem o que dizer, gaguejou um pouco e resolveu falar sobre suas primeiras experiências sexuais.

"Minha infância foi um pouco solitária, meus irmãos dividiam-se entre trabalho e estudo, ficavam pouco tempo em casa. Meus pais já haviam se separado. Estudava pela manhã, à tarde fazia as atividades escolares com a ajuda de minha mãe. Era ela a minha principal companhia. À noite brincava com a garotada da rua.

Fui crescendo, a adolescência chegou, meus irmãos se casaram e foram viver com suas mulheres. Eu era curioso, mas tinha vergonha de conversar com minha mãe sobre as dúvidas que eu tinha e vivia me culpando, isolando-me de todos, ficando mais tempo em casa. O fim da tarde era o momento de que eu mais gostava. Morávamos em uma grande casa com um muro maior ainda, cheio de árvores. Gostava de subir nos pés de goiaba e ficar pensando na vida. Até que um dia, estava eu distraído, sentado no galho mais alto, quando avistei um vizinho tomando banho em seu quintal. Ele era um homem forte, atraente, tinha um corpo bonito de se ver. Esse passou a ser meu hobby: todo dia ia pastorar ele tomar banho, ficava excitado e me masturbava só de olhar, mesmo sendo de longe. A excitação que eu sentia quando via um homem nu, eu também sentia quando via uma mulher nua na televisão ou em alguma revista pornô.

Houve vezes em que eu me masturbava três vezes por dia, tanto fazia se era vendo homem ou mulher nua. Não sabia do que se tratava e não podia perguntar à minha mãe que era devota assídua e frequentadora de uma igreja católica. A coisa se agravou quando, em uma das férias de julho, minha tia e meu primo vieram passar uma semana conosco. Ele era mais velho que eu em dois anos, bonito, mais alto, moreno, musculoso. Passávamos o dia brincando, jogando futebol com bola de meia na rua, soltando pipa e outras brincadeiras. Ele não se interessava tanto por meninas e eu muito menos, nossa única preocupação era brincar.

Faltando dois dias para ele ir embora, houve uma festa na cidade. Não me lembro da razão, só sei que tivemos que tomar banho juntos. Ele nem se incomodou e tirou logo a roupa, ficando nu na minha frente. Eu, com vergonha, sentei no vaso e disse que ia esperar ele tomar banho para depois entrar no chuveiro. Ele protestou dizendo que não, que seria a mesma coisa de tomar banho só e que iria demorar. Eu não parava de olhar para o bilau dele, o meu já estava duro e esse era o motivo de eu não querer me despir. Ele insistiu para eu tirar a roupa. Um calor no meu corpo, uma vontade de tocar nele, mas tinha vergonha. Daí ele me chamou de mulherzinha, que eu tinha um piu-piu em vez de peru e começou a jogar água em mim. Não resisti aos insultos e cedi, virei de costas, tirei a roupa, não virei de frente e andei até onde ele estava. Sem entender, o primo perguntou-me de que eu tinha vergonha. Nada falei. Aí ele viu minha excitação e falou: 'Tá animadinho, é? Ainda não é tão grande, mas vai crescer, olha o meu! Se quiser pegar, pode, eu não me incomodo'. Isso era tudo que eu queira ouvir, trocamos caricias, ele me masturbou e eu o masturbei, gozamos juntos, tomamos banho bem rápido e saímos do banheiro.

No dia seguinte ele amanheceu adoentado e não pudemos brincar e nem fazer nada juntos. Depois ele foi embora e perdemos o contato um com o outro, até hoje não sei quase nada da vida dele. Voltei para minha rotina, só não fui mais feliz porque comecei as aulas de catecismo para a primeira comunhão: foi onde começou a minha tortura psicológica. Na aula sobre os dez mandamentos, a professora falou sobre: 'Não pecar contra a castidade', não entendi bem a explicação dela e perguntei à minha mãe o que significava. Não tenho certeza se ela desconfiava de alguma coisa ou quis só me aterrorizar. O fato é que eu me sentia o mais terrível pecador. Chegado o dia da confissão, contei ao padre o que eu fazia e ele disse que eu estava vivendo em pecado e mandou que eu rezasse cinquenta Ave Marias e cinquenta Pai Nosso, como penitência. Perdi a conta, acho que rezei mil na esperança de não perder o lugar no céu.

Amedrontado, parei de espiar meu vizinho tomar banho e também de me masturbar. Estava me sentindo puro, mas o Cão sempre acha uma maneira de fazer a pessoa desviar do caminho. Nas férias de fim de ano, veio uma prima passear em nossa casa. A família tinha o costume de comemorar as festas natalinas e foi na noite de natal que o Papai Noel me deu o melhor presente de toda minha vida, apesar de que me lembro de poucos detalhes desse episódio.

A prima era mais velha do que eu em cinco anos, loira, magra, peitos e bunda grandes. Gostava de olhar ela trocar de roupa pela fechadura da porta do quarto. Ela tinha namorado, por sorte ele não pode acompanhá-la nessa viagem. Não tinha outro assunto a não ser falar dele. Eu não apreciava muito a companhia dela, nossos universos eram totalmente diferentes, nada em comum. Ela contava os dias para ir embora, só relaxou no dia do natal, ajudou minha mãe na decoração da rua, auxiliou no preparo das comidas. Sua ajuda foi de extrema importância.

Antes da hora do jantar, ela começou a beber. Estava mais linda ainda, usando um vestido curto e salto alto. Quase não comeu, mas não parou de beber e por isso passou mal na frente dos vizinhos. Minha mãe pediu para eu cuidar da prima e levá-la para o quarto. A contragosto, obedeci-lhe. Ela se apoiou em mim e eu a levei para dentro de casa. Passou no banheiro e vomitou, e eu segurando seus cabelos, alisando as costas dela. Perguntei se ela não queria um copo com água, disse que sim. Levei-a para o quarto e fui à cozinha pegar a água. Quando voltei para o quarto, assustei-me ao encontrá-la só de calcinha. Ela perguntou o que estava acontecendo, se eu nunca tinha visto uma mulher de calcinha? Disse que não, ela riu alto e disse: 'Temos um virgem, guardou pra mim, foi? Vem cá, senta aqui na cama. Deixa eu ver o que você tem aí para brincarmos'.

Me aproximei e ela pegou em meu pequeno membro por cima da roupa. A essa altura eu já estava parecendo um aço, minhas pernas tremiam e eu não sabia o que fazer. Ela me puxou para cima dela e disse para não ter medo, que ia me dar um presente de natal. Rolou e saiu de baixo de mim, tirou a calcinha, abriu a braguilha da minha calça, sentou-se por cima de uma vez e o encaixe foi perfeito. Eu estava dentro dela, rebolou algumas vezes e eu gozei rapidamente. Nem sei dizer o que senti nessa hora, só sei que foi bom. Daí ela saiu de cima, disse que já estava melhor e mandou eu sair do quarto.

Depois do feriado, ela foi embora, antecipou a data da partida. Provavelmente a causa foi ciúmes do namorado. E assim foram as minhas primeiras experiências sexuais. Posso tomar um pouco de água? Estão satisfeitas? De quem é a vez agora?".

Ele pegou uma garrafa seca de uísque e a girou lentamente. Estavam sentados em círculo, trocavam olhares e a garrafa não parava de girar. Silêncio total, expectativas consumindo. Até que, em seu último giro, ela apontou para Aninha, que, antes de começar a falar, pediu para ir ao banheiro.

UM CASAMENTO
ARRANJADO

No banheiro Aninha suou frio, respirou profundamente algumas vezes e chegou a se arrepender de ter proposto o jogo. Falar sobre o seu sofrimento era o mesmo que reviver: agora já era tarde para arrependimentos. Lavou o rosto e voltou para junto dos amigos.

Assumiu seu lugar na roda, desculpou-se pela demora, tomou de uma só vez uma dose de uísque e começou a falar:

"Amigos, desculpem-me por ter feito vocês esperarem, precisava respirar um pouco e reunir forças para falar a vocês sobre meu sofrimento. Não vou ser tão detalhista como foi Superboy, porque minha história é triste e vocês não precisam passar por isso. Vou ser direta e precisa em minha narração.

Sou a filha do meio, disputava com meu irmão mais velho e a irmã mais nova a atenção de meus pais. Nunca fui bonita e nem tive habilidades esportivas, compensava essas falhas pelo estudo. Escondia-me nos livros, não era popular na escola e só era chamada para os trabalhos em grupos devido à minha fama de CDF. Ser ignorada e solitária não era problema algum para mim, conseguia lidar com essa situação.

Namorados só tive um em toda minha vida. Começou com uma brincadeira infantil, cresceu na adolescência e na fase adulta amadureceu. O Murilo era meu vizinho, brincávamos no parquinho do condomínio, estudamos juntos no pré-escolar, nas séries iniciais e continuamos até concluir o segundo grau. Só nos separamos porque escolhemos cursos diferentes na faculdade: eu optei por Psicologia e ele por Direito. Murilo sempre ia nos meus aniversários e eu nos dele, nossos pais eram sócios. Daí eles sempre frequentavam minha casa nos churrascos e outras festas familiares. Nossas mães diziam que íamos acabar casando. Comecei a ouvir essas histórias ainda na idade pueril, de tanto escutar, acabei fantasiando.

Íamos e voltávamos juntos do colégio, ele era caladão. Eu que ficava conversando horas e horas, muitas das vezes ele apenas balançava a cabeça concordando ou não. Discutíamos quando estávamos resolvendo algum exercício em grupo, mas era briga passageira, logo ficava tudo bem entre a gente. Na adolescência, a paixão platônica veio à tona, comecei a vê-lo com olhos apaixonados. Nunca fui romântica e ele também não, mas vez ou outra eu o presenteava com um chocolate e ele recebia e nada falava. Foi com ele que troquei o meu primeiro beijo, não lembro direito como foi. Não foi como eu sonhava e muito menos via nos filmes. Não senti o mundo girar e muito menos vi os fogos subindo.

No último ano do ensino médio, ele se afastou de mim. Começou a andar com uma turminha de caras populares e por isso começou a me evitar em público. Mas sempre ia à minha casa para fazermos os deveres juntos. Eu me contentava com essas migalhas que ele me dava. O ano passou, chegaram as provas finais, passamos com boas notas e ele me pediu para ser sua acompanhante na festa de formatura.

Achei esse gesto lindo da parte dele. Ele disse que era muito grato à minha pessoa. Me devia essa homenagem por estar sempre do lado dele e, já que iríamos nos separar na faculdade, ele queria guardar essa lembrança boa da gente. Emocionada, iludida, apaixonada, aceitei. Foi como se ele estivesse me pedindo em namoro.

No dia da festa, minha mãe me levou ao salão, tive um dia de princesa com direito a massagem e todos os luxos que o momento pedia. O vestido foi comprado em uma grife cara um mês antes, meus pais estavam radiantes, porque meu irmão não quis estudar, só se interessava por futebol, festa e mulher. Minha irmã mais nova só concluiria o segundo grau dois anos depois, então eles se dedicaram ao meu baile.

Cheguei ao evento acompanhada da minha família. Primeiro ocorreria a cerimônia, depois, um coquetel, e por último, a festa. Estávamos todos ansiosos e nervosos, correu tudo tranquilo conforme o diretor havia planejado. Após o coquetel, troquei o vestido de gala por um mais curto, meus pais foram embora e eu fiquei aos cuidados de Murilo. Em princípio, estranhei quando duas meninas se aproximaram e me ofereceram bebida. Falava com elas só em dias de trabalho em grupo, quando elas iam na minha casa. Mesmo não sendo tão íntima, eu aceitei a oferta, depois vieram mais e mais. Estavam sempre do meu lado, levaram-me para a pista de dança e dançamos juntos. Estava feliz, pela primeira vez fazia parte de um grupo, não me sentia rejeitada.

Vez ou outra Murilo aparecia para ver se eu não precisava de alguma coisa e me oferecia mais bebida.

O DJ trocou a música agitada por um som lento. Casais começaram a dançar. Quando estávamos saindo da pista, Murilo me puxou pela mão e disse que a noite seria nossa, que eu não iria a lugar nenhum sem ele. Puxou-me para perto dele e começamos a dançar. Ouvi o batido do seu coração, a mão dele apoiada em minhas costas, sentia a respiração dele, encostei a cabeça no ombro dele, fechei os olhos e deixei que ele me guiasse. A mão dele desceu até minha bunda e a apertou, não reclamei, abri os olhos e senti o mundo girar, fiquei tonta, não sabia onde estava e ele me beijou. Quando a música parou, pedi para sair dali porque não estava me sentindo bem. Atenciosamente, ele me acompanhou até o jardim. Sentei na grama, ele também.

Começou a alisar minhas costas, a falar umas coisas que até hoje não lembro, depois passou a me beijar e acabamos transando. Nem ele, nem eu tiramos as roupas, foi até bom porque, quando ele estava deitado em cima de mim, a turminha de amigos dele apareceu e feste-jou a virgindade perdida do amigo. Fiquei atarantada sem saber o que fazer. Com vergonha, só chorava. Não sei onde meu irmão estava, mas do nada ele surgiu e levou-me para casa. Pedi para não contar nada para papai, ele disse que ele poderia não falar, mas que todo mundo da escola viu e o escândalo estava feito.

No dia seguinte, acordei com uma enxaqueca cruel, um gosto de cabo de guarda-chuva na boca e tive que ouvir um sermão dos meus pais. Falaram por mais de uma hora e o casamento era certo, marcaram um jantar com os pais de Murilo e tudo foi arranjado entre eles. O matrimônio foi marcado para depois do vestibular que seria dentro de 5 meses, só não contávamos com o fato de que eu tinha engravidado. Mais um motivo para o enlace acontecer.

Prestamos vestibular para a mesma faculdade, fomos aprova-dos, nos casamos. Minha barriga começou a crescer e por conta da gestação tranquei minha matrícula. Murilo começou a estudar logo. No início, nosso relacionamento era agradável, saíamos juntos, nossa vida sexual não era lá grande coisa, mas uma vez por semana aconte-cia uma transa convencional, limitada a papai e mamãe e com cinco minutos de penetração ele já gozava. A barriga foi crescendo, ele me convidava menos para sair e já não me procurava mais para satisfazer suas necessidades bestiais. De certa forma, eu achava até bom, não sentia prazer mesmo. Ele passou a chegar em casa embriagado, quase todos os dias, tornou-se ríspido e quando estava sóbrio mergulhava em um estado de misantropia. Foram dias difíceis.

Então João Marcelo nasceu, Murilo mudou um pouco de humor, tornou-se festivo nos primeiros dias. Mas reclamava toda hora que o bebê chorava, principalmente durante a madrugada. Alegando que precisava se concentrar no curso de Direito, passou a dormir no quarto de hóspede e a criança ficou sob o meu inteiro cuidado. Uma babá foi contratada para me apoiar e minha mãe estava sempre presente.

Quando João Marcelo, completou seis meses de vida os convites para sair voltaram. Era de uma turma chata da faculdade com a qual não me entrosei e sempre que Murilo me chamava para sair eu inventava uma desculpa para ficar em casa. Ele tornou a me procurar sexualmente, agora ele havia descoberto gostos estranhos. Obrigava- -me a fazer sexo oral nele, queria que eu usasse dildos e deixasse que ele me possuísse por trás, coisa que nunca aceitei. Ele sempre insistia e deixava claro que eu era sua mulher e tinha que realizar as fantasias dele: apenas calava e nada argumentava.

Surgiram convites para jantares íntimos entre casais. Na primeira vez que fui, fiquei horrorizada. Que jantar que nada, era um swing. Enojada, não participei, assisti a tudo sentada em uma cadeira. Ele obrigou-me a ir a mais dois encontros desses, sempre com casais diferentes, não poderia haver contatos e/ou diálogos, tudo se limitava apenas ao sexo.

Sei que, na última vez, troquei algumas palavras com a mulher. Ela era bonita, atraente, parecia sensível. Ela me passou seu telefone sem que nossos maridos percebessem. Depois desse encontro, tornamo-nos amigas e foi ela quem deu o estalo para que eu me libertasse daquela relação infeliz. Era muito bonita para passar por aquela humilhação. Combinamos um plano e o executamos. Ela deu um jeito para que os casais se encontrassem novamente. Como já tínhamos combinado antes, transamos as duas na frente dos nossos maridos, eles só podiam assistir.

Depois desse dia, pedi a separação, voltei a morar com meus pais, estudei, me formei, comecei a trabalhar, fui morar só com meu filho e o resto vocês já sabem.

Tentei resumir e poupar vocês dos detalhes sórdidos, só comecei a viver de verdade quando me libertei, graças à Samara, que despertou o que Murilo tinha enterrado: minha juventude, minha beleza e, o principal, o meu amor próprio. Enfim, aquela Ana ficou para trás. Agora de quem é a vez? Vamos girar a garrafa".

Girou uma vez, girou duas vezes, no terceiro giro parou apontando para...

O SONHO VIRA PESADELO

A garrafa parou apontada para Meg, que não se surpreendeu. Serviu-se de uma dose cavalar de uísque, bebeu a metade em um gole e começou a falar:

"Minha história não é diferente das dos demais, foi sofrida em partes, houve traumas e, devido a esses maus momentos, eu quase abandonei a carreira esportiva. Graças ao apoio de minha família e de um amigo, o pior foi evitado.

Sou filha única de uma família de classe média. Minha mãe é formada em Letras, mas nunca trabalhou, vive exclusivamente para sua vida doméstica e sempre está inserida em campanhas solidárias. Meu pai é formado em Contabilidade e trabalha para uma multinacional, vive em função da família e dos amigos. Ele é superprotetor, sempre me apoia em tudo que faço. Brinco dizendo que ele é o chefe do meu fã clube. Sem muitos arrodeios, vou direto ao assunto.

Morávamos em uma cidade do interior de São Paulo, estudei na mesma escola desde o infantil até o início do ensino médio, foi quando nos mudamos para o Rio. Ingressei em uma nova escola e conheci as meninas. Sempre fui apaixonada por esportes, para a decepção de minha mãe. Por ela, eu faria: balé, curso de modelo, teatro, entre outras coisas. Ela não apoiava, mas também não se opunha, ao contrário do meu pai, que sempre estava sentado na primeira fila, batia palmas, gritava e discutia com alguém se falasse mal de mim.

Passei por várias modalidades esportivas: vôlei, basquete, natação, mas acabei me identificando com jiu-jítsu. No dia que meu pai chegou com o kimono para me dar de presente, minha mãe, dramática como sempre, até desmaiou. A preocupação dela era o que os vizinhos falariam, enquanto estava com os esportes leves, estava tudo bem, mas agora, praticando lutas selvagens, um esporte tipicamente masculino, era demais para ela. Meu pai ouviu calado e, quando ela não disse mais nada, ele comentou: "Ela vai lutar o que ela quiser e ninguém tem nada a ver com isso. Se eu ouvir algum comentário maldoso faço engolir de volta, se ela estiver sozinha é até bom porque já vai treinando. Não é, minha campeã?".

E assim comecei a praticar. Com 12 anos já estava na segunda faixa, havia ganhado duas medalhas em competições locais e na escola todo mundo tinha medo de mim. Sempre fui grandona, tudo em mim era exagerado, não nasci com a delicadeza feminina. Até para pegar um copo descartável era um problema, por mais que tentasse, acabava esmagando o miserável sem querer.

Nunca gostei de amizades com meninas, achava os papos vazios e sem sentido. Por outro lado, não era bem-vinda no Clube do Bolinha, apesar de que todos os meninos me respeitavam e praticávamos a política da boa vizinha. Meu único amigo era o Thomas, ele via em mim sua protetora. Thomas era o queridinho das meninas e odiado pelos garotos. Por ele ser afeminado, sempre estava sendo humilhado e certa vez, na hora do intervalo, eu evitei que ele fosse espancado pelo líder do clubinho. A partir de então ele só andava comigo para cima e para baixo.

Aos treze anos, estava cursando o último ano do ensino fundamental e houve uma troca no quadro de professores. A troca de que não gostei foi na aula de educação física: a treinadora de artes marciais foi substituída por um homem. De cara não gostei dele, mas como a filosofia do esporte é acima de tudo trabalhar a mente, treinar a paciência, não me preocupei. Mas não gostava do jeito que ele me olhava, quando falava comigo era sempre me tocando: pegando na mão, no ombro, ele era muito pegajoso e eu não me sentia bem. Ele era a autoridade, a referência para nós, aceitava sem contestar.

De volta das férias de julho, ele me chamou na secretaria e comentou com o diretor sobre o meu potencial, que eu poderia trazer um título estadual para o colégio. Pediu autorização para ficar responsável por meu treino, inclusive estendendo uma hora a mais diariamente, pois para ganhar seria necessário: disciplina, esforço e dedicação. Poderes concedidos, começamos os treinos. Não me sentia à vontade na presença dele.

Quando começamos os exercícios físicos, tinha a impressão de que ele estava se aproveitando de mim. Confusa, não comentei com ninguém, porém a situação foi se agravando. Um dia, tive a impressão de que ele estava aceso, não poderia ser apenas o pano do kimono. Mesmo sendo grosso, senti algo estranho. Em outra vez, estávamos praticando exercícios de defesa, ele, deitado por cima de mim, me imobilizou. Com uma mão prendia meus braços, suas pernas trancaram as minhas e com a mão livre pegou em meu peito. Fiz uma cara de brava, ele viu que não gostei e pediu desculpas. Nesse mesmo dia desabafei com Thomas sobre as minhas suspeitas. Ele queria contar tudo para o diretor ou então falar com meu pai. Chorando, pedi a ele para não fazer nada, meu sonho era competir nesse estadual e a oportunidade era aquela.

Ele não concordou, disse que precisávamos fazer algo. Independentemente de eu ir ou não competir, a minha segurança estava em primeiro lugar. Ele não tinha o direito de abusar de mim e traçamos um plano. Thomas conhecia toda a estrutura do ginásio. Devido às peças de teatro que eram realizadas ali, sabia de passagens secretas e lugares no teto em que ele poderia se esconder caso precisasse. Ele iria filmar escondido, mas eu tinha de ser forte o suficiente, atrair o professor e fazer ele cair na armadilha. O que não foi difícil.

Não resisti mais às investidas dele. A cada treino eu sentia ele excitado, ele me tocava com mais ousadia e me elogiava dizendo: "Você é uma campeã, tem disciplina e foco. Essa medalha é sua". O corpo dele em contato com o meu me provocava náuseas, tinha vontade de quebrar a cara dele.

Dois dias depois, executamos o plano. Thomas inventou uma desculpa e saiu mais cedo da aula para ter tempo de instalar as câmeras, duas, em locais estratégicos, e depois escondeu-se nos vestiários. Acabada a aula, dirigi-me para o vestiário feminino, tomei um banho, passei um perfume envolvente. Como o mentor do plano aconselhou, rezei a Deus pedindo força para suportar e não perder a oportunidade de me livrar daquele monstro.

Pronta para a luta, fui para o tatame e precisei aguardar ele chegar. Tinha perdido a esperança porque ele nunca se atrasava. Chegou quase meia hora depois, pediu desculpa e vestiu o kimono na minha frente. Eu estava tremendo, ele disse que não precisava ficar nervosa, não iria fazer nada de diferente dos outros dias e, se fizesse, tinha certeza que eu iria gostar. Fizemos um pouco de alongamentos e fomos direto para os exercícios de defesa. Reagi às duas primeiras vezes, na terceira, deixei ele me dominar. Imobilizada, com o corpo dele por cima do meu, fechei meus olhos, ele cheirou meu pescoço e disse que estava muito sexy. Perguntou se era para ele, depois disso ele desfez o nó da faixa que prendia a parte de cima e pegou nos meus peitos. Foi a hora que Deus me salvou.

Thomas apareceu gritando histérico. Como uma atleta profissional, desvencilhei-me dele e fui às forras: com um golpe, quebrei um braço dele. O covarde não reagiu, ficou deitado no chão gemendo de dor. Peguei minhas coisas, Thomas desarmou as câmeras e fomos embora.

Com provas suficientes, conversamos primeiro com meu pai, depois com o diretor e todas as providências foram tomadas. O tarado foi afastado e denunciado às autoridades. Infelizmente não pude competir, logo após esse lamentável episódio, meu pai foi transferido no emprego e acabamos nos mudando para o Rio.

Durante o período de adaptação à nova vida, meu único companheiro foi um diário. Escrevi pouco, mas o suficiente. Inclusive teve um texto que escrevi, lembro até hoje porque ele fala justamente dessa transição, de enfrentar o medo, ter que mudar de cidade. O título é:

O voo da borboleta

Ainda pouco era uma larva dentro de seu casulo, frágil e desprotegida à mercê do sol, esperando que o milagre da vida acontecesse e pelo processo da metamorfose ela viesse ao mundo.

Era um dia lindo, o sol estava digno de sua beleza, único em toda a sua extensão. Emanava um calor gostoso que aos poucos invadia todos os espaços, evaporando as pequenas gotas de orvalho que amanheceram sobre as folhas, fruto da noite passada. O jardim estava florido, era o começo da primavera. Todas as flores exalavam seu aroma: gerânios, margaridas, orquídeas, entre outras, uma tentação para um olfato sensível.

Aquecendo tudo, reanimando todos os seres para um novo dia que começava, conseguiu chegar até aquela velha árvore que se encontrava triste, com seus galhos tortos e folhas amarelas, porém cheia de vida. Ao tocar em seu cume, a grande mutação aconteceu. A membrana da crisálida rompeu, revelando ao mundo um dos seres mais lindos: uma borboleta encantadora, com suas asas grandes e coloridas. Quando abertas, formavam um bonito desenho, um espetáculo de cores. Aquela borboleta era diferente das outras, único filhote de sua espécie. Com um jeito todo especial de ser, mal se transformara e já ensaiava os primeiros voos, como uma criança que está aprendendo a andar: passos trôpegos, medo de cair e um mundo a conquistar, desejando tocar em tudo.

Bateu asas uma vez, não conseguiu, mais outra e na terceira tentativa já estava a passear sobre as flores, desvirginando pétalas e saboreando sua essência oculta, o pólen. Ao fazer isso, roubou de si mesma o direito de aprender, queimou etapas, etapas essas que um dia irão lhe fazer falta. Não aprendeu que tudo na via tem seu tempo. 'Há um tempo para amar, um para esquecer e outro para odiar'.

Em sua diferença, queria sempre o melhor. Era amiga, companheira das outras, mas não compartilhava dos voos do bando, estava sempre à frente. Enquanto suas amigas contentavam-se com voos rasteiros e folhas comuns, ela voava alto e ia buscar as flores desconhecidas por seu olfato, queria novos cheiros e sabores. Tinha ânsia de descobrir e descobrir-se, escondendo de si mesma o medo que tinha de se machucar. Sabia que a primavera duraria poucos dias e aquele banquete chegaria ao fim. Fez-se forte dentro de sua fraqueza, da inocência e fragilidade fez uma armadura para se proteger e mais uma vez negou o direto de aprender com os erros. Ah, borboleta, se você soubesse que não devemos ter medo de sofrer, que os erros não permanecem apenas erros quando eles nos ensinam.

Fico te observando da janela de meu quarto, invejo a tua ousadia. Fico deprimida ao comparar os meus anos vividos com seu pouco tempo de existência: tão nova e já fez coisas que eu levei tempo pra criar coragem de fazer. O meu mal foi o comodismo, o medo de experimentar e conhecer novos horizontes. Apeguei-me a uma única flor e essa mesma flor foi arrancada do vale do meu coração, sendo presenteada a uma pessoa que jamais irá dar o valor que eu dediquei àquela flor. Reconheço que fui egoísta, não fui como você. No meu jardim, havia várias espécies de rosas e eu, por capricho ou inocência, deixei-as morrer de sede, sem ao menos dedicar-lhes um olhar — não soube valorizar. Agora tento recuperar o tempo perdido, procuro sempre cultivar um novo jardim. Reconhecendo a beleza de todas as flores, não me dedico apenas a uma.

Vai, borboleta, voa mais alto, vai buscar a flor dos seus sonhos que eu fico a te esperar, não posso te prender e mesmo que fizesse isso não iria conseguir reter sua coragem. Dentro de pouco tempo já não seria mais a mesma, iria perder o colorido das asas. Você nasceu livre, para descobrir e ensinar a todos que não devemos perder tempo em nossa conquista. O tempo não vai parar, porque um coração está trincado. Ele vai correr mais depressa para que esse coração se regenere o mais rápido possível.

Vai, borboleta, que o mundo te espera e eu te espero na próxima primavera'.

O que aconteceu depois vocês já sabem, que eu vivo feliz ao lado do meu amor e é isso que importa, não é, meu bem?"

Bebeu o restante da dose que estava no copo, foi aplaudida por todos. A cada história contada, uma nova emoção, dor, compadecimento e superação. Mulheres fortes que se tornaram empoderadas pelas circunstâncias desagradáveis pelas quais passaram. Agora falta o depoimento de apenas duas: Volúpia e Paty. Aninha disse que poderiam tirar no par ou ímpar para ver quem falava primeiro, ambas não se manifestaram. Tomada pelo pânico, Volúpia levantou-se e disse que não queira continuar, já tinha ouvido relatos bastantes deprimentes, não havia nada na vida dela que as amigas não soubessem. Quanto a Desejo, ele saberia na hora certa. Saiu apressada para dentro de casa e nem se despediu das amigas, que foram embora rapidamente.

Antes de sair, Aninha pediu ao Superboy que ficasse mais um tempo. Mais tarde ligaria para saber notícias da amiga, despediu-se e foi embora. Sem entender o que estava acontecendo o jovem foi atrás de sua amada.

O DEDO NA FERIDA

Desorientado, Superboy caminhou pela estradinha de pedra, parou à beira da piscina, passou o pé dentro d'água, demorou alguns minutos procurando coragem para entrar na casa.

Ele não tinha noção do que estava acontecendo, Volúpia parecia bem e em um rompante, imbuída por seu temperamento, alterou o seu humor. Parou na frente da porta, descalço, sentia a maciez da grama bem cuidada. Analisou o design da porta de madeira. Acostumado com as crises da mãe, o jovem receava que Volúpia estivesse em estado de choque, precisava entrar na residência, isso era inevitável. Girou a maçaneta de aço cromado, a pesada porta abriu-se lentamente, observou antes de adentrar na mansão, nenhum sinal da Loba. Reuniu todas as forças para explorar o ambiente.

Atento a todos os detalhes, o jovem olhava para todos os lados, era a primeira vez que prestava atenção na decoração. Das outras vezes que estivera ali, fora sempre à noite e a pouca iluminação escondia os detalhes. Ouviu um soluço ao longe e seguiu o som que se intensificava à medida que ia se aproximando.

Encontrou sua amada sentada na poltrona vermelha de couro, tinha as mãos no rosto e chorava descompassadamente. Aflito, o ninfeto ajoelhou-se ao lado da amada e perguntou o que estava acontecendo, se ela havia se sensibilizado com os relatos que ouvira, o que ele poderia fazer para amenizar aquele sofrimento. A mulher nada respondia, apenas chorava copiosamente. Entendendo a mensagem, porém preocupado, o rapagão foi até a cozinha, pegou um copo com água e ofereceu à sua idolatrada. Ela bebeu um pouco, relaxou e começou a falar:

"Só queria entender por que o passado insiste em se fazer presente. O que eu tenho que pagar para não ser mais atormentada por ele? Você me vê, mas não sabe quem sou eu. Sou um personagem que me obrigaram a interpretar nessa peça sem roteiro e nem direção, o meu verdadeiro eu, a minha essência foi roubada. Eu precisei me reinventar para não sucumbir aos paradigmas da nossa perfeita sociedade".

Sem nada entender, o amásio abraçou-se à matrona, fez um carinho e disse que tudo ficaria bem: "Estou aqui para cuidar de você, esqueça o passado. Não me interessa o que você fez, a mim importa o presente e o nosso futuro".

Conformada, a Loba encarou o protegido e falou: "Você não está entendendo, eu não sou o que você vê. Você diz amar. Mas, me diga você, ama a atriz ou a personagem? Eu preciso lhe revelar um segredo que vem me consumindo por toda a minha existência, se eu não enfrentar esse maldito passado agora eu nunca serei plena, viverei sempre a interpretar. Venha, vamos comigo até ao porão. É lá que a história começa".

A Loba pegou na mão de Desejo e o conduziu até ao subsolo, sentia-se protegida e encorajada pelo amado. Andava na frente, acendeu as luzes da escada e ao chegarem ela pediu: "Não me interrompa, sua presença é suficiente. Eu só preciso de sua atenção e do seu abraço". O jovem concordou e disse: "Tudo bem, quando você quiser começar, sou todos ouvidos".

A Loba improvisou um banco com as caixas e pediu para ele sentar, parou em frente ao quadro coberto por um tecido e lembrou que há algumas semanas atrás estivera ali e não tivera coragem de descobrir o retrato. Agora estava sendo obrigada a levantar aquele pano. Deslizou a mão por cima, seguiu o contorno da imagem que estava registrada na memória. Criou coragem e puxou com força.

Descoberta, a tela exibia uma foto de família, um casal jovem abraçando uma criança: "Apresento a você o ilustre casal: Bárbara e Ricardo Reis, os meus pais. O digníssimo casal foram os responsáveis por me roubarem de mim, graças a eles eu não pude ser quem deveria ser. Essa fotografia é o único registro que tenho da minha família, ela foi capturada no dia do meu aniversário de um ano. Logo depois, o enlace foi desfeito e cada um seguiu seu rumo, meus pais se separaram. Eu perdi o contato com o senhor Ricardo, ele não acompanhou meu crescimento, não participou de minha infância e tampouco da minha adolescência. Só quando estava adulta foi que retomamos o vínculo familiar e hoje ele me respeita.

Fui criada por minha mãe, nosso relacionamento não foi dos melhores. Tinha minha liberdade de escolha cerceada. Perto dela me sentia um bichinho de estimação, o qual ela tentava fazer uma cópia mirim dela. Tínhamos uma vida social movimentada, sempre frequentávamos eventos sociais, jantares beneficentes, entre outros. Contra a minha vontade, lá estava eu usando uma roupa similar à que Dona Bárbara usava. O cúmulo da falta de bom senso, isso durou até me tornar adolescente. Comecei a enfrentá-la, deixando claro meus gostos e preferências, assumindo a personalidade que eles me obrigaram a aceitar".

Falou isso tudo de costa para Superboy, afastou-se do quadro, olhou em volta procurando a caixa que escondera dentro armário. Abriu a porta, retirou a caixa com a etiqueta "Brinquedos de Volúpia", sentou-se no chão em frente ao amante. Rasgou a fita de proteção, lentamente retirou os objetos guardados, para cada um existia uma explicação.

"Aqui estão os principais motivos do meu desentendimento com Mamãe. Todo brinquedo por mim escolhido era substituído por um do gosto dela. Essa boneca eu ganhei quando tinha quatro anos, nunca brinquei com ela. A bailarina eu ganhei quando tinha seis anos, na verdade eu desejava um tabuleiro de batalha naval. As sapatilhas de balé fiz uma troca, só usaria se ela me desse um skate. Consegui a barganha., entretanto, fui limitada a só usá-lo dentro de casa. E aqui está o primeiro e único presente que ganhei de meu pai. Ele me deu no dia do meu aniversário de um ano, a família inteira estranhou, ninguém entendeu, pra variar minha mãe discutiu com ele mais uma vez.

Ele chegou atrasado para a festa, estava embriagado. Entrou cantando os parabéns, trazia um embrulho debaixo do braço, me pegou no colo e entregou esse brinquedo. Para mim foi o mais legal, minha mãe chorou, quis jogar fora. Por pouco não bateu nele: 'Onde já se viu, você ficou louco, Ricardo? Você errou de presente, era para você ter comprado uma boneca e não um carro. E agora o que eu faço com essa porcaria?'. O carrinho só não foi para o lixo devido à minha avó que escondeu e me devolveu quando eu fiquei adulta e fui morar só.

Da minha infância, as melhores lembranças são as viagens, uma vez por ano, eu e mamãe viajávamos para os Estados Unidos. O bom desses passeios eram só as visitas aos parques, fora isso tudo era sem graça: visitar médicos, fazer exames. Quando retornávamos, era entupida de remédios. Comprimidos de vários formatos, cores e tamanhos, à proporção que ia crescendo a dosagem aumentava. Sempre que perguntava à minha mãe o porquê desses medicamentos, a resposta era a mesma: 'São vitaminas, quero que você cresça saudável'. O pior era os efeitos colaterais, variavam constantemente. Dores de cabeça, ânsia de vômitos, sonolência, tontura.

Cresci dentro de uma rotina imposta por Dona Bárbara. Aulas de piano, cursos de idiomas, teatro, balé, artesanato, aula de canto lírico. Até curso de manequim e modelo ela me obrigou a fazer, nada me interessava. Minha vontade era praticar esporte, jogar bola, ser uma criança normal. Só que essa realidade não pertencia ao universo dela. Para piorar a situação, a megera tentou me mudar de escola, segundo ela eu estava sendo influenciada por meus amigos.

Quando entrei na adolescência, cismei de ser gótica. Passei a só vestir roupa preta, passar lápis nos olhos e batom preto nos lábios. Para ela, era como se eu estivesse desafiando-a, desvalorizando a dedicação com a qual ela cuidava de mim. Ela quase surtou no dia em que foi apresentada à minha namorada. Me colocou de castigo, chamou meu pai para conversar comigo, só que ele não veio. Desculpou-se dizendo que era consequência dos atos impensados dela, que resolvesse da maneira que achasse correta.

A solução encontrada foi me encaminhar para uma psicóloga: eu estava passando por um desvio de personalidade. Precisava de acompanhamento profissional. Na sala de atendimento, fui questionada pelo motivo de estar ali, respondi que não sabia. Não me sentia anormal, quem deveria se tratar era minha mãe, afinal, a neurótica era ela, não eu. Fui a dois encontros e nada disse, no terceiro, a dr.ª mandou chamar mamãe, podia ser que ela desse alguma pista que ajudasse no diagnóstico.

Essa sessão virou uma lavagem de roupa suja. Trocamos farpas, agressões verbais, não chegando a conclusão alguma. Dando continuidade ao método da terapia, foi advertido que meu pai deveria comparecer no próximo encontro. Era possível que ele pudesse nos ajudar a pelo menos apaziguar a relação mãe e filha.

Na semana seguinte, estávamos os três frente a frente no consultório: o senhor Ricardo Reis atendeu ao chamado. Eu não me lembrava direito do rosto dele, ele mal me cumprimentou e muito menos falou com mamãe. A psicóloga foi bem incisiva, falou o motivo da reunião familiar. Aquele seria o último encontro: se nenhum falasse algo para justificar o meu acompanhamento psicológico, ela teria que encerrar as consultas.

Estávamos sentados em três cadeiras, formando a metade de um círculo. Sentada mais afastada, estava a dr.ª Márcia, que observava e anotava tudo o que via. Perguntou se eu não tinha nada a falar, balancei a cabeça sinalizando que não: 'Dona Bárbara, vai se pronunciar?'. De cabeça baixa, respondeu que não. 'Senhor Ricardo, tem algo a dizer?'. 'Com sua licença, Márcia, eu tenho muita coisa para falar. Mas cedo o meu direito para minha adorada ex-mulher, afinal, ela foi a causadora de toda essa confusão. Não é, Bárbara, por que você não fala? A sua oportunidade é agora'. Depois se calou e ficou apenas observando, fulminava mamãe com o olhar, balançava a cabeça de um lado para outro. Ela estava de cabeça baixa, pernas cruzadas, balançando, visivelmente nervosa.

'Você não vai falar, Bárbara? Em respeito à Dr.ª Márcia e também à nossa filha, que nessa história é a principal vítima, eu vou contar o ocorrido. Quero que fique claro para todos que em nenhum momento eu fui conivente, a minha vontade era outra. Mas não dependia só de mim. Pois bem, estão preparados para ouvir?'

Eu e Bárbara nos conhecemos na lanchonete da faculdade, namoramos por um ano e resolvemos nos casar no dia de nossa formatura. Foi uma festa linda, você lembra? Nossa lua de mel foi em Fernando de Noronha. Todos invejavam nosso relacionamento, eu vivia para satisfazer os caprichos dessa senhora. Seis meses depois do nosso casamento, ela me deu a melhor notícia da minha vida, estava grávida! Acompanhei toda a gestação, fizemos o curso de pais de primeira viagem, era cuidadoso e atencioso. No terceiro mês da gestação, fizemos uma ultrassonografia para descobrir o sexo do bebê: segundo o ginecologista, não foi possível identificar o sexo da criança. Nos aconselhou a refazer o exame quando completasse sete meses.

Aguardamos ansiosamente por esse dia. Eu sonhava com um menino. Ficava escolhendo o nome: Ricardo, João Ricardo, Pedro... Imaginava-me jogando bola, soltando pipa, ensinando a andar de bicicleta. Seria um autêntico pai babão. Era um sonho só meu, porque Bárbara ansiava por uma menina e só não comprou o enxoval feminino, graças à minha sogra que a aconselhou a comprar tudo na cor amarela, que poderia ser usada para ambos os sexos. Para nossa frustração, no dia de repetir o exame, novamente não foi possível saber se a criança seria homem ou mulher. O médico nos conformou: 'não se preocupem está tudo em ordem com a saúde da mãe e da criança, nada fora de controle e, quanto ao sexo, independentemente do que vier, será saudável, graças a Deus'.

Nos dois últimos meses da gestação dediquei-me mais ainda: minha amada mulher não podia sentir uma dor da unha que eu já estava ao seu lado para apoiar no que fosse preciso. Faltando uma semana para ela dar à luz, minha sogra veio para nos ajudar. Eu, sempre alerta, pedi uma licença do trabalho, queria estar presente em todos os momentos.

Até que, em uma sexta-feira pela manhã, Bárbara começou a sentir as contrações, fomos para o hospital por segurança. Minha sogra alertara que não era a hora ainda, passou a tarde e nada, chegou a noite e nada. Já estava ficando com medo, comecei a rezar e fui para a capelinha. Tão cansado estava que acabei dormindo sentado no banco de madeira. Aos primeiros raios de sol, minha sogra estava me procurando, disse que o médico queria falar conosco. Um mau presságio me abateu, as pernas tremeram, a boca secou e o coração acelerou. Minha sogra pediu para que eu ficasse calmo, a hora não era para desespero. Pegou a minha mão e saímos os dois para a enfermaria onde Bárbara estava.

Entramos juntos, a primeira imagem foi um choque para nós dois. Bárbara adormecida no leito, uma enfermeira aplicando soro e a criança não estava lá. Comecei a chorar, minha sogra sentou-se em uma cadeira. A enfermeira olhou para nós e, com a frieza peculiar dos profissionais da saúde, disse: 'Acho bom você sentar um pouco, o doutor Doranildo está encerrando o plantão, precisa ver como estão os outros pacientes. Antes de sair, ele falará com o Senhor, tenha um bom dia!'.

Beirando o desespero, fiz a única coisa que cabia naquele momento, ajoelhei-me e comecei a rezar. Sem saber o que se passava, pedia ao menos pela saúde de minha mulher. Rezava e chorava, em meio ao transe, senti uma mão em meu ombro. Era a mão do médico responsável pelo parto: 'Pra que esse desespero, homem? Sua mulher está bem, o parto só foi demorado e você é pai de uma linda menina: você só não pode vê-la agora porque ocorreu uma complicação e sua filha precisou ser levada para a incubadora. Mas lhe asseguro que ela é saudável, logo logo você poderá abraçá-la e dar todo o seu carinho'.

Tranquilizado, fui para casa, tomei um banho, relaxei, tentei dormir um pouco. Retornei para o hospital e revezei com minha sogra, era a vez dela de descansar um pouco. Na hora da visita, entrei no quarto, Bárbara já estava banhada, penteada: a maternidade realçara ainda mais sua beleza. Se tudo desse certo, no dia seguinte iríamos os três para casa. Ela contou que, no tempo que estive fora, ela amamentou nossa filhinha, que se parecia comigo. Tive que me contentar em vê-la só pelo vidro de proteção da ala infantil. Minha sogra voltou à noite para dormir e eu fui embora.

Ansioso, em casa não consegui relaxar, e o sono que era bom, nada. Minha única vontade era estar com minha menina nos braços. Levantei cedo, fui até ao quarto que preparamos para receber nossa criança, olhei cada detalhe, cheirei a colcha do berço, senti o travesseiro. Encantado, saí do cômodo, tomei banho, preparei um café e fui para o hospital aguardar a hora da alta.

Ao chegar no hospital, fui informado que o dr. Doranildo desejava falar comigo e com minha esposa, estava só aguardando eu chegar. Ao receber a informação fui direto ao consultório. Quando abri a porta, lá já se encontravam minha sogra e minha mãe. Nervoso, quis saber do que se tratava. O médico mandou eu sentar na cadeira à sua frente, ao lado de Bárbara. Mal sentei, ele desandou a falar:

'Senhor Ricardo, sua filha está bem. É uma criança sadia, entretanto, ela vai precisar ficar internada mais alguns dias, para realizar um procedimento cirúrgico. Sua mulher contou-lhe alguma coisa? O que aconteceu foi que durante a fertilização do óvulo, ocorreu uma alteração genética resultando em um bebê hermafrodita, não é um caso não muito comum. Entretanto, é solucionável, uma cirurgia corrige essa disfunção genital. O senhor está entendendo o que eu estou dizendo? Vou repetir de uma forma mais clara, sua filha nasceu com órgãos genitais disformes. Ela nasceu com uma vagina, só que ao invés do clitóris ela tem uma glande no lugar.

Conversei anteriormente com sua mulher, ela deseja operar de imediato, mas antes precisava informar ao senhor o que está acontecendo. Qual a sua opinião: opera agora ou prefere esperar a criança ficar adulta e fazer sua própria escolha?'.

Silêncio na sala, minha sogra calada atrás não opinou. Perplexo, dei um murro na mesa, estava fora de mim, não sabia o que pensar, olhei para Bárbara e comecei a chorar.

'Você tem certeza que operar agora é a melhor solução? Ela vai crescer, vai ser bem orientada, terá uma educação de qualidade e vai poder escolher quando tiver consciência. E se o cérebro também for masculino ou ainda os órgãos reprodutores também forem de um homem. Você já pensou nessa possibilidade? Por mim essa cirurgia não será feita, ao menos agora'. Chorava sem parar, ela assistia ao meu clamor compassivamente e argumentou:

'Meu amor, pense em nossa amada criança, quando ela começar a estudar. O constrangimento que ela vai passar na frente dos coleguinhas, quando ela ficar adolescente e vierem os primeiros namorados. Não operando agora, é condenar nossa filha ao sofrimento. O doutor já me deu algumas orientações, quando ela ficar maiorzinha podemos fazer exames de tomografia, além do mais ela também passará por um tratamento hormonal para suprir a carência de hormônio feminino, caso seja necessário. Para o bem-estar de nossa bebê, o mais sensato é operar agora'.

Engolindo o choro, concordei, não sem antes fazer uma declaração:'Tudo bem, você é a mãe, é consciente de seus atos, quero que no futuro as consequências dessa atitude não recaíam sobre mim. Que fique claro, eu não estou de acordo, mas 'Inês é morta', assim seja'. Dito isso, me retirei da sala e fui embora.

Só voltei a ver minha mulher e minha filha quinze dias depois, quando receberam alta e puderam enfim voltar para casa".

Esse relato foi narrado por Volúpia entre lágrimas e soluços:

"Quando tomei consciência de minha situação, pedi para ser acompanhada pela doutora Márcia. Foram anos de acompanhamento, além do tratamento hormonal. Graças a Deus, no final tudo deu certo, tenho uma boa autoestima, aprendi a me aceitar e vivo feliz à minha maneira. Todos conseguiram superar sua fraqueza, minha mãe mora nos Estados Unidos com sua nova família e meu pai mora no Brasil também com sua nova família".

O enamorado ouviu a tudo com lágrimas nos olhos, sentou-se ao lado da Loba, abraçou-a e disse: "Nada vai mudar entre a gente, eu lhe amo, quero construir uma vida com você. Sua história me motiva e faz com que eu me apaixone mais ainda por você". Afastou os cabelos do rosto, passou um dedo sobre os olhos vermelhos e beijou-lhe com sofreguidão. Levantou, depois ajudou sua musa a levantar-se e a convidou para sair daquele calabouço de emoções: "Vamos, meu bem, temos um futuro a construir, sonhos a realizar, o passado não vai mais lhe atormentar". Pegou-a no colo, subiu as escadas, apagou a luz e fechou a porta da masmorra de sofrimentos.

O AMOR SABERÁ...

De volta à sala, Volúpia acomodou-se em sua poltrona preferida, Desejo foi até a cozinha preparar um chá com talo de alfaces para sua rainha.

A noite avançara, Superboy precisava voltar para casa e ficar ao lado da mãe. O mancebo não queria deixar sua deusa naquele estado. O choro havia cessado, mas o coração encontrava-se bastante contristado, a tristeza moraria por ali mais alguns dias.

O rapaz acompanhou sua idolatrada até a suíte, deitou-a na cama, cobriu-a com o lençol, deu-lhe um beijo na testa, disse que ligaria pela manhã para saber das notícias. Ligou o ar-condicionado, acendeu as luzes de LED, chamou um uber e foi embora.

No domingo, a Loba acordou ao meio-dia, preferiu isolar-se. Precisava daquele momento de solidão para organizar as ideias e refletir sobre futuro da relação que estava vivendo ao lado de seu pupilo. Por falar em protegido, ele já havia ligado duas vezes e ela não ouviu as chamadas, não retornou, deixou para falar com ele só à noite.

Passou o dia deitada em sua cama, tentou ler um pouco para se distrair e não conseguiu. Não encontrou nenhum filme interessante para assistir: sua melhor opção era dormir, precisava estar disposta na segunda-feira. À noite, seu loverboy ligou e conversaram até de madrugada.

Com a alma leve, a tranquilidade retornando ao seu estado habitual, Volúpia atravessava a semana. Por todos os dias, o casal apaixonado se falava por telefone na hora do almoço e à noite encontravam-se para dar vazão à paixão e alimentar seus corpos desejosos de tesão. Dois animais no cio, que se entregavam ao fogo do prazer, ultrapassavam os limites, explorando suas fantasias, sem desrespeitar um ao outro.

A aprovação do rapaz para o mestrado de Música em Oxford foi comemorada em grande estilo pelo casal, bem como pelo Clube da Loba. Os enamorados foram submetidos a um dilema. O jovem precisaria ausentar-se por dois anos: estaria aquele amor preparado para esse distanciamento? Eles tinham um mês para chegarem a um consenso e definirem o futuro de ambos.

Conversavam sempre, debatiam sobre seus projetos e, no meio de uma dessas conversas, o mancebo teve um insight: a história de sua idolatrada poderia servir de inspiração para o romance que Aninha pretendia escrever. A ideia foi recebida com receio pela amada, ela ainda não se sentia preparada para escancarar sua intimidade. Mas prometeu analisar a proposta.

Uma semana depois, Aninha foi convidada pela amiga para ir jantar em sua residência. A Loba precisava aconselhar-se com sua fiel confidente. Volúpia contou chorosa sobre a ida de Desejo para Oxford, aquela separação não estava em seus planos. A psicóloga ouvia atentamente e instou a amiga a viajar junto, ela poderia estudar, fazer um intercâmbio, diversificar os negócios. Era um leque de oportunidades que se abriam para o casal. Dilema aparentemente sanado, a Loba disse que tinha um presente para agraciá-la em nome da amizade: serviria de inspiração para o livro que ela almejava escrever.

Durante quinze dias, as duas se encontraram diariamente, gravavam as conversas e a Loba entregou seus diários para acrescentar mais realismo à história a ser escrita. Em paralelo a essas reuniões, a Loba dividia a atenção com seu namorado. Comunicou-lhe da decisão de acompanhá-lo durante esses dois anos de estudo. Pego de surpresa, o rapaz emocionou-se com a surpresa e disse que só aceitaria se ela aceitasse se casar com ele. Bastava uma cerimônia simples, para família e amigos.

A Loba aceitou. Chamou as amigas para auxiliarem nos preparativos da festa e também ajudarem a arrumar as malas para a partida. A preocupação menor da Loba eram os negócios que estavam em uma ótima fase, além do que ela poderia administrar e sanar qualquer conflito por meio de videoconferência. Para Desejo, o único fator a lhe atormentar seria os cuidados com a mãe, que não desejava ir morar com os outros filhos. Aninha se comprometeu a acompanhar a senhora. Caso o estado psicológico dela se agravasse, trataria de interná-la, uma vez que ela tenha manifestado vontade de não morar com os outros filhos.

O cerimonial ficou por conta de Meg e Paty, ambas se aliaram ao noivo para preparar uma surpresa. Entraram em contato com o compositor Tatá Arrasa e encomendaram uma música para a ocasião, o poeta atendeu prontamente o pedido dos cantores e escreveu uma canção especial para os amantes.

A festa ocorreu no jardim da mansão da Loba, para menos de cinquenta convidados. Aninha responsabilizou-se pelo serviço de buffet. Providenciou canapés, champagne, salgados e um bolo de leite ninho com recheio de morango e chocolate.

Um padre foi convidado para dizer as bênçãos ao casal e um juiz, para oficializar a união. Meg contratou um decorador para ornamentar o espaço, um pequeno altar foi montado na frente da piscina.

O enlace foi marcado para o fim da tarde, ao pôr do sol. Superboy estava elegante, trajando um fraque, ao lado da mãe que era só alegria. Paty trouxe sua banda para tocar a marcha nupcial, que na verdade seria a surpresa. Aguardavam ansiosos pela chegada da noiva, que não se atrasou. Volúpia surgiu esplendorosa na estradinha de pedra, estava vestindo um longo vestido na cor marfim, colado ao corpo, calçava sandálias brancas, seu cabelo estava feito em uma trança. Parecia uma rainha dos filmes clássicos da Sessão da Tarde.

Ao dar os primeiros passos em direção ao altar, Paty começou a tocar o violão e Desejo uniu-se ao conjunto para juntos entoarem a canção que Tatá Arrasa escrevera especialmente para aquele momento.

"O amor saberá o caminho

Um dia
um dia você entrou em minha vida
e tudo passou a ter sentido.
eu abri meu coração
e o amor surgiu
não tenha medo
não se feche em seu mundo.

Eu te amo e
você me ama
pegue minha mão

e vamos seguir juntos
o amor saberá o caminho.

Agora somos apenas um
até o fim de nossas vidas.
Até o fim.
Um dia
tudo será apenas lembrança
mas, o nosso amor será
eterno.

Eu te amo e
você me ama
pegue minha mão
e vamos seguir juntos
o amor sabe o caminho.
Agora somos apenas um
até o fim de nossas vidas.
Até o fim.

O amor saberá o caminho...
O amor saberá o caminho...

O amor saberá o caminho...
O amor saberá o caminho...
O amor saberá o caminho a seguir...".

Foi tudo mágico, Volúpia parecia estar sonhado. Seus pais estavam presentes em seu matrimônio e abençoaram a união que se realizava. Tomados de emoção, disseram sim um ao outro, assinaram o livro e celebraram aquele inesquecível momento com os seus. A festa estendeu-se até o início da madrugada.

Dois dias depois o casal partiu para Oxford em busca de seus sonhos. As amigas estavam presentes no aeroporto. Choraram a partida temporária da amiga, mas também comemoraram a felicidade da integrante do Clube da Loba.

Seis meses depois...

Meg e Paty seguiram o exemplo de Volúpia e oficializaram a união, assinando um contrato de união estável. A cantora lançou o CD, que fora bem recebido pelo público, e a música de trabalho, "Coração leviano", tornou-se sucesso em todas as rádios do país.

Meg também foi contemplada pelos deuses do esporte: a dupla de atletas por ela treinada conseguiam boa colocação em todas as competições de que participavam e eram promessas fortes para representarem o Brasil nas Olimpíadas.

O filho de Aninha estava retornando ao Brasil para ficar com a mãe. A psicóloga dividia-se entre a rotina profissional, visitar a mãe de Superboy diariamente, além de planejar, junto ao seu editor, o lançamento do livro: *No Cafofo da Loba*, obra que estava recebendo crítica positiva e em pouco tempo seria um best-seller.

FIM...

Contatos

Fanpage: https://www.facebook.com/letrastataarrasa/

Facebook: https://www.facebook.com/tata.arrasa

E-mail: letrastataarrasa@gmail.com

Instagram: @letrastatarrasa

Skoob: https://www.skoob.com.br/perfil/TataArrasa

Blog: https://amoresdegaia.blogspot.com/?m=1

Spotify Podcast: https://open.spotify.com/show/60w6bAbsa4t5kaUdeAS2px?si=BgBLPmcJQi2LOZmF3usvvw

Spotify trilha sonora No Cafofo da Loba: https://open.spotify.com/album/6fOqewve3oSA0sljscwaJ8?si=fFIo0TaBRji-q_HWOu123g&-context=spotify%3Aalbum%3A6fOqewve3oSA0sljscwaJ8